AF205285

Beratungsgeschichten

Tobias van der Velde

www.tobias-vandervelde.de

Impressum

Idee, Text und Gestaltung von Tobias van der Velde

Bibliographische Informationen der Deutschen Nationalbibliothek:

Die Deutsche Nationalbibliothek verzeichnet diese Publikation in der Deutschen Nationalbibliographie; detaillierte bibliographische Daten sind im Internet über http://dnb.dnb.de abrufbar.

© Tobias van der Velde 2020

Herstellung und Verlag

BoD – Books on Demand, Norderstedt

ISBN 9783751929943

Ein Buch über die Schönheit

zwischenmenschlicher Beziehungen

und Gespräche.

Für alle Menschen, die den Mut

für schwierige Gespräche

nicht aufbringen können.

Vorwort

Es ist gar nicht so schwer mit Menschen zu reden, die Probleme haben. Das machen wir doch alle jeden, uns geschenkten, Tag.
Wir sind die Erfahrenen.
Wir sind die Klugen.
Wir sind die Einfallsreichen.
Wir sind, zumindest meinen wir dies zu sein, immer genau der richtige Ansprechpartner. Das sind wir genau so lange, bis wir an unsere Grenzen stoßen. Das Problem des Freundes zu groß ist oder uns thematisch vielleicht nicht gefällt oder auch sogar schmerzliche und vielleicht persönliche Erinnerungen hervorruft.

Und plötzlich sind sie verschwunden.
All die noch so guten Freunde und die immer so guten Familiengefüge.
All die guten Vorsätze und Hilfsangebote.
Plötzlich verlässt dann auch einen professionellen die Muße. Zurück bleiben Leid und noch mehr Trauer.
Ein weiteres Problem ist jetzt aufgetreten.
Die enttäuschte Beziehung zu einer, doch eigentlich, so tief vertrauten Person.

Dabei kann es manchmal so einfach sein. Es kostet nicht viel Mut und eine längere Betreuung ist eher bereichernd für die eigene Lebenseinstellung. Wir können sogar etwas lernen, für uns selbst und über uns selbst.

Der Geist kann sich entwickeln und reifen. Auch wenn wir von dem Thema oder dem Problem des anderen keine Ahnung haben, so können wir, mit Interesse an seiner Person, für denjenigen da sein. Wie auch immer diese Person das benötigt. Das müssen nicht immer schlaue Weisheiten sein. Diese vergessen wir meist sowieso schnell nach dem lesen wieder. Die Formen einer nötigen Hilfe können vielseitig sein. Genau so vielseitig, wie es die Menschen sind.

Das macht das Leben besonders.

Das macht die Menschen besonders.

Wie eine Wundertüte eröffnet sich das Leben von Sekunde zu Sekunde neu.

Für mich ist es nicht schwer. Desto weniger ich über ein Gespräch im Vorfeld nachdenke, desto offener bin ich dann für die Person. Vorbereitung heißt ja auch immer, sich bereits eine Meinung zu bilden und ggf. auch schon über eine Lösung nachzudenken.

Obwohl wir gar nicht wissen, was der andere wirklich hat. Was ihn wirklich bedrückt.

Viele Menschen klagen über ein Problem, obwohl die eigentliche Ursache ganz woanders liegt. In der Psychologie ist das sehr häufig der Fall. Aber auch im medizinischen. Körperliche Beschwerden haben ihre Ursache oft auch in der Seele. Darum versuche ich möglichst natürlich, ehrlich und authentisch mit diesen Menschen zu sprechen. Meine Worte sind meine Worte. Nicht auswendig gelernt. Ich sage die Worte, weil ich sie so meine und sie in dem Moment,

die des Klienten und auch meine Emotionen aufnehmen. Ich verstelle mich nicht. Das macht es mir
persönlich einfacher. Schwer wird es erst dann, wenn
wir eine aufgesetzte Fassade aufrecht erhalten wollen.
Seien sie so, wie Sie sind. Denn so kennt Sie der
andere auch oder wird Sie so einschätzen. Als
beruflicher Berater kommt sicherlich noch etwas
hinzu. Aber privat sind Sie selbst, mit all Ihrer
Persönlichkeit, gefordert.
Wenn in meinem Bekanntenkreis beispielsweise
jemand stirbt, rede ich mit dem Bekannten auch so,
wie sie mich kennen und nicht als Coach oder
Trauerbegleiter. Wobei mir die Erfahrung aus dem
Beruf natürlich hilfreich sein kann.

In diesem Buch soll es darum gehen, einzelne
Beratungsgespräche, Trauerfälle und auch andere
Problemanliegen zu begleiten. Ich schildere hier in
kleinen Geschichten, überwiegend in Form von
Dialogen, echte Fälle aus der Beratung. Dabei geht es
um den Dialog mit dem Klienten und meiner
Interpretation der Sachlage und natürlich der
Emotionen des Klienten und auch meiner eigenen
Gefühle. Das Buch soll zeigen, dass Probleme auch
verschiedene Ursachen haben können und sich
Gesprächsverläufe nur schwer steuern lassen. Die
Fälle sind unterteilt und unterbrochen durch andere
Fälle. Wir kommen immer wieder auf die einzelnen
zurück.
In sich sind diese als jeweils ein Gesprächstermin
abgeschlossen.

Ich habe bewusst einzelne Beobachtungen aus meiner Sicht aufgenommen. So werden manche Punkte und mein Verhalten verständlicher und vielleicht regen sie auch zum schmunzeln und nachdenken an.

Die Namen sind natürlich geändert, genauso wie Orte und direkte Sachverhalte. Die Gespräche sind hier in gekürzter Form dargestellt.

Die Gespräche sind frei wiedergegeben und mit den Klienten abgesprochen. Manche Fälle lesen sich fast fraglich. Aber so sind Menschen. So sind Gespräche. Natürlich nicht alle, aber einige. Viele der realen Gespräche sind sehr schlicht und von Gefühlen beladen. Über mache kann und sollte man nicht schreiben. Außerdem sind nicht alle Fälle so interessant, dass sie in ein Buch gehören. Darum habe ich ein paar herausgenommen, die ich für gut, angemessen und amüsant zum Lesen halte. Sie werden sehen, dass selbst die Trauerfälle nicht immer traurig sind.
In meiner Arbeit in einem Bestattungsinstitut habe ich tagtäglich mit der Trauer zu tun. Aber traurig ist der Beruf dadurch noch lange nicht. Ich lache hier mit den Kunden mehr, als mit manchen Freunden zu Hause.

Ich wünsche Ihnen viel Spaß beim Lesen und hoffe, sie können den ein oder anderen Gedanken aufnehmen und selbst umsetzen.

Die Fälle

1. Frau Gehlmann
Eine sehr nette, manchmal zynische, ältere Dame, die immer wieder für Überraschungen sorgt. Aus einem Trauerfall wurde sehr bald ein Coaching und daraus wieder etwas anderes.

2. Herr Brand
Ein Coaching-Klient der seine ganz eigenen Wege erörtert und die Gefahren nicht erkennt. Ein sehr netter Mensch. Hätte er doch mal etwas mehr Hilfe angenommen.

3. Günther
Der nette Witwer mit Charme und den Gefühlen eines Eisbergs. Für mich war er eine der größten Erfahrungen meiner Beratertätigkeit.

4. Hannah
Ein Sonderfall der Menschheit!

5. Die schweigende Witwe
Die Geschichte einer ganz lieben alten Witwe, deren persönlichen Gefühle und Bedürfnisse von ihrer Familie ignoriert wurden. Die Dame wollte doch einfach nur Gesellschaft haben.

6. Frau Breinert
Eine Frau mit vielen Problemen. Bis heute haben wir

keinen Ansatz und keine Lösung gefunden.

Aber das gefällt ihr, denn sie lässt eine Entwicklung nicht zu und sie meldet sich regelmäßig.

7. Martin Dechelmann

Ein sympathischer und fast kumpelhafter Typ von Mensch mit vielen Lebensproblemen, Trauer, Wut, Enttäuschung, Mobbing und eine sehr sonderbar verdrehte Lebensauffassung.

Das 1. Gespräch

Gespräche kommen auf ganz unterschiedliche Art und Weise zu Stande. Manch einer sucht im Internet nach Hilfe in seinem Konflikt, den er selbst als maßgebliches Problem sieht. Ein anderer sucht bei Facebook und wieder ein anderer kommt vielleicht auf Empfehlung.

Die Wege zu einer Kontaktaufnahme sind sehr verschieden. Die Abläufe und die Dauer von Beratungen sind allerdings genauso unterschiedlich. Manch einer kommt für 1 Stunde, andere für 5 Stunden. Einer macht einen Termin, ein anderer nicht. Es gibt einige die melden sich nicht wieder. Warum ist dann manchmal offen. Das soll auch jeder für sich selbst entscheiden.

In den folgenden Teilen geht es um einige Personen, die aus ganz verschiedenen Gründen kommen und teilweise auch gar nicht wissen warum. Manchmal kommen sie unter einem Vorwand und manchmal schieben sie die Trauer vor. Manchmal entwickelt sich das ganze aber auch in eine andere Richtung. Manchmal entwickelt sich aber auch gar nichts. Manche wollen das vielleicht auch gar nicht. Die Gründe dafür, dass Menschen eine Beratung aufsuchen, sind sicherlich vielfältig. Jeder entscheidet schließlich für sich, was er will oder was er auch nicht will.

Es geht um Frau Gehlmann. Eine ältere Dame die nach dem Tod des Mannes nicht weiß wohin mit sich und verbal weit um sich schlägt. Sie eröffnet das

Feuer auf ihre Mitmenschen und schadet so eher sich selbst als den anderen. Sie versteht das aber nicht.

Herr Brand kam nicht, weil er glücklich sein wollte. Er wollte reich werden, angesehen und erfolgreich. Darin fand er scheinbar sein vermeintliches und persönliches Glück.

Dann ist da Günther. Der erfolgreiche Unternehmer, der seine ganz eigene Herangehensweise zum Tod seiner Frau entwickelt hat.

Eine alte Dame, die nicht reden will und dessen Gefühle und Bedürfnisse von ihrer Familie nicht anerkannt werden.

Frau Breinert ist eine elegant, moderne Dame, die die Hilfen der Freunde nicht anerkennt. Sie hat Probleme an sehr vielen Stellen. Letztendlich entscheidet sie über die Hilfe. Freundschaft ist hier ein Hauptthema.

Herr Dechelmann hat einen Haufen Probleme und Schwierigkeiten. Ein sympathischer Mann, der neue Wege für sich sucht.

Und dann ist da Hannah. Hannah steht in sich genommen für sich. Ein Sonderfall der Menschheit und ein Horror für jeden der auf sie trifft und mit ihr arbeiten oder leben muss.

Frau Gehlmann

Vor einiger Zeit rief mich eine Kollegin an.

„Du Tobi, ich habe deine Nummer weitergegeben. Eine Frau Gehlmann wird sich bei dir melden. Sie hat ihren Mann verloren und ich weiß nicht mehr, was ich noch machen soll. Du machst das besser als ich."

Ein kurzes Gespräch folgte und ich wurde über die nötigsten Infos aufgeklärt. Nur Eckdaten. Die Vorgespräche eines anderen Beraters interessieren mich dabei normalerweise nicht. Außerdem gehen sie mich auch gar nichts an. Diese Gespräche sind schließlich auch ein Vertrauensverhältnis zwischen den beiden. Keiner von uns kann wissen, ob Frau Gehlmann bereit ist, mir das Gleiche zu erzählen.

Ein paar Tage später rief die Dame tatsächlich an. Das ist alles andere als selbstverständlich. Manche haben, gerade im Bereich der Trauer, große Angst davor. Es kommt häufig vor, dass ich die Personen selbst anrufe, um einen Termin zu vereinbaren.

„Hallo Frau Gehlmann. Mir wurde Ihr Anruf bereits angekündigt."

Schnell begann sie sich zu erklären und ich musste den richtigen Moment abpassen, um ihr zu sagen, dass wir das im persönlichen Gespräch besprechen sollten. So machten wir einen Termin ein paar Tage später, im Hochsommer, bei ihr zu Hause in der Dachgeschoßwohnung eines Altbaus in besonderer Stadtlage.

Vorbereitet mit Grundannahmen und Gedanken über sie, betrat ich motiviert die Altbauwohnung im Stadtgebiet. Ein prachtvolles altes Haus, dem man seine Geschichte ansehen konnte. Wie alt mag das Haus sein? 100 Jahre bestimmt. Wenn das Haus reden könnte. Was hätte es hier wohl zu erzählen? Die Geschichten würden mich ja schon interessieren, aber dafür war ich nicht da. Ein kleines Fenster in der Haustüre gewährte einen Blick in das Innere des Haus. Das Treppenhaus war so groß, wie so manche Wohnung. Ein Traum für Umzugsunternehmen. Die Schränke können so herunter getragen werden, ohne sie abzubauen.

Einatmen – Ausatmen – Einatmen – Klingeln

Dann hörte ich die Dame bereits die Treppen runter kommen. Das Knarren der alten Holztreppen und der Holzdielen am Boden kündigten jeden Besucher lange vorher an. Ich musste an die Kinder denken, die sich des Nachts, nach einer Party, versuchten nach Hause zu schleichen.

Es war endlos warm und meine Gedanken schwankten an den Baggersee, in dem meine Frau und der Rest der Familie badeten.

‚Och ja. Ist ja erstmal nur ein Vorgespräch. Dürfte nicht lange dauern. Erst einmal das Grundlegende klären.' Das war zumindest mein Gedankengang.

Doch ich irrte mich. Wir hatten ein voll umfängliches Gespräch, welches für den weiteren Verlauf elementar gewesen war. Fast 3 volle Stunden und ich hatte nicht einmal etwas gegessen. So lernte ich auch physisch, dass man Gespräche mit Klienten nicht kalkulieren und vorhersehen kann.

Ich wollte mich kurz vorstellen. Doch es blieb beim Namen und einem Dank für das Glas Wasser. Ich hätte lieber die Flasche gehabt. Es war sooo warm.
Plötzlich begann sie zu reden, zu reden und zu reden. 75 Minuten lang über alles in ihrem Leben, was sie selbst für wichtig in ihren Problemen hielt. Nach 20 Minuten war ich mir bereits sicher, dass nicht die von ihr vorgetragenen Probleme, das eigentliche Problem sind. Aber ich kam nicht wirklich dazwischen. Mir fiel ein Ausbilder ein, der mir erklärt hat, wie man durch die Mimik und durch Gesten signalisiert, dass man zuhört.
Ein Teil aus dem sogenannten *pacing* aus dem NLP. Dem Neurolinguistischem Programmieren. Zu viel mehr, als zu diesem Lehrbuchverhalten, kam ich aber auch nicht.
Nach 75 Minuten und einem leeren Glas Wasser holte sie tief Luft und sagte plötzlich und voller Erwartung:

„So. was soll ich jetzt machen? Sagen Sie es mir und dann sind wir fertig. Sie sind ja schließlich der Fachmann.“

„Wie bitte? Was erwarten Sie jetzt von mir? Soll ich mit den Fingern schnippen?"

„Wenn es hilft!"

„So einfach ist es dann leider doch nicht."

„Aha. Warum nicht?"

„Weil es auf der einen Seite darum geht über Ihre Trauer zum Verlust Ihres Mannes zu reden und auf der anderen Seite die vorhandenen Blockaden zu lösen."

„Ich will aber gar nicht über die Trauer reden. Und kommen Sie mir jetzt bloß nicht mit dem ganzen Kerzengedöns."

„Warum haben Sie mich dann hergebeten und warum haben Sie die letzte Stunde viel Zeit damit verbracht, darüber zu reden?"

„Das wollten Sie doch hören. Ihr Psychoheinis seid doch alle gleich. Was ist jetzt? Machen Sie das jetzt weg?"

„Nein."

„Aha."

Frau Gehlmann war eingeschnappt wie ein kleines Kind und mein Glas war immer noch leer.

Sie starrte mit einem infantilen Trotz und leicht enttäuscht zur Seite. Mein Blick musterte Sie und ich merkte, dass sie sich unwohl fühlte. Sie wusste genau, dass ihr Problem nicht mal eben wegzumachen ist. Ihre Erscheinung und ihre Art und Weise zu sprechen, zeugten von einer gewissen akademischen Intelligenz. Aus ihr heraus sprach eine Akademikerin mit viel Wissen und Lebenserfahrung, einem Doktortitel und mehrere Abschlüsse an der Uni. Einem Menschen wie Frau Gehlmann verspricht man nichts, was man nicht halten kann. Einer Frau wie ihr verkauft man auch nichts, was sie nicht will oder braucht. Sie weiß genau, was im Leben geht und was nicht geht. So weiß sie auch genau, dass ein Fingerschnippen nicht reichen wird, um ihre Probleme zu lösen. Aber ganz insgeheim und ganz tief in ihrem Herzen schwellte ein kleines Stück Naivität, welches ihr Hoffnung gab, es könnte ja doch so sein. Neben all ihrer Lebens-erfahrung und trotz des hohen Alters, ist ein kleines Stück Kind in ihr verblieben. Über lange Jahre hinweg hat sie dieses innerliche Kind unterdrückt. Doch dieser Unterdrückung hält sie jetzt nicht mehr stand.

Ich überlegte, ob es Sinn macht, dieses Kind-Ich zu wecken und mir dies, für den weiteren Verlauf zu Nutze machen sollte.

„Frau Gehlmann. Wenn Sie nicht wollen, müssen wir das hier nicht machen. Aber Sie wissen auch, wie wichtig es für Sie ist. Lassen Sie uns von vorne anfangen und den richtigen Weg für Sie finden."

„Also schnippen Sie nicht mit den Fingern?!"

„Nein. Und tanzen werde ich auch nicht."

„Schade."

„Wieso schade? Möchten Sie mich tanzen sehen? Das lohnt sich nicht zu sehen."

„Aber tanzen ist etwas schönes."

„Wenn man es kann, ist es das sicherlich. Haben Sie gerne mit Ihrem Mann getanzt?"

Sie wurde still und nachdenklich, schaute traurig zum

Boden und legte ihre Hände fest aneinander gepresst in den Schoß. Sie holte mehrmals Luft zum antworten, aber sie tat es erst beim 4. Atemzug.

Es schien, als hätte ich einen Nerv getroffen.

Mit dem nächsten, gebrochenen Atemzug folgte dann die ersehnte Antwort und eine sehr spürbare Erleichterung ihrerseits. Sie wollte reden und hat es scheinbar auch erkannt.

Ich blieb noch ungefähr eine Stunde und wir vereinbarten einen neuen Termin.

Vielleicht bekomme ich dann auch ein Glas Wasser mehr.

Menschen in einer Lebenskrise oder in Zeiten der Trauer erkennen nicht immer sofort, was für sie gut ist. Sie erkennen auch nicht, was das eigentliche Problem und der Auslöser dafür ist. Der Auslöser für die Trauer ist natürlich erst einmal der Tod einer geliebten Person. Aber was steckt noch dahinter? Welcher Teil im Leben ist dafür verantwortlich, dass der eine stark und der andere weniger stark trauert. So etwas auf den Grund zu gehen, ist manchmal ein langer Prozess. Manchmal geht es schnell. Manchmal findet man diesen Punkt nur schwer, bis sogar überhaupt nicht. Dies liegt nicht selten an der Mitarbeit der betroffenen Klienten. Manchmal aber auch an den Fragen oder der Art, wie der Berater arbeitet. Letztendlich stocken Gespräche immer nur dann, wenn einer aufhört zu fragen oder schlichtweg die falschen Fragen stellt.

Bei Frau Gehlmann habe ich, durch den vorlauten Scherz über das Tanzen, einen guten Einstieg gefunden, der das weitere Gespräch eingeleitet hat. Glück gehabt. Hin und wieder braucht man auch einmal diese Form des Glückes. Frau Gehlmann hatte immense Probleme mit vielen Dingen. Der Verlust Ihres Mannes, war nicht das größte. In den 75 Minuten war das auch nicht das Hauptthema.
Es geht viel mehr um Schuldvorwürfe in ganz unterschiedliche Richtungen. Diese ganzen Vorwürfe zermarterten ihren Geist und zerrten an der Verfassung. Die Vergangenheit lastete schwer in ihrer Seele, so dass sie drohte, an dem Gewicht erdrückt zu werden.

Herr Thomas Brand

Manchmal gibt es ganz seltsame Menschen auf der Welt. Bei manchen davon frage ich mich, was diese Menschen wohl dazu bewegt hat, so zu sein, wie sie gerade sind. Das Empfinden ist natürlich meistens sehr subjektiv. Aber so wirken wir doch alle auf irgendeine Art und Weise auf andere. Im Coaching sind die Themen extrem vielseitig und bunt gemischt. Das ist eigentlich toll, wird aber vom Laien, also den Klienten, oft mit überzogenen Erwartungen betrachtet. Wie beispielsweise in meinem nächsten Fall.

Herr Brand rief mich an, weil er ein Coaching zum Thema Erfolg und Reichtum haben wollte. Er wollte von mir, dass ich ihn bis zum Reichtum bringe. Ein toller Gedanke. Wenn ich das könnte, hätte ich mit ihm sicher nicht telefonieren müssen und stattdessen mit einem Cocktail auf einer Südseeinsel in der Sonne gelegen. Aber das konnte Herr Brand nicht wissen und wollte das auch nicht wirklich. Wenn man aber mal ernsthaft seine Anliegen hinterfragt, so merkt jeder selbst sehr schnell, dass das Anliegen vielleicht sogar hirnrissig ist.

Jeder der anderen zu Vermögensstrategien rät, wie zum Beispiel Bankangestellte, sind keine Berater. Sie sind Verkäufer. Sie verkaufen dem Kunden ein Produkt der Bank. Wahrscheinlich haben diese Leute das Produkt selbst nicht gekauft. Das müssen sie ja auch nicht. Sie wollen es ja nur verkaufen. Ich kann schließlich auch einen Mercedes fahren und einen BMW verkaufen.

Für das Produkt ist das uninteressant. Ein Bekannter von mir ist Metzgermeister und strikter Vegetarier. So sieht man deutlich, dass im Leben alles möglich und doch oft anders ist, als es auf den ersten Blick scheint. Grundsätzlich kann man sagen, dass ein System, welches zu Reichtum verhelfen soll und dem Berater nicht auch selbst Reichtum gebracht hat, kein gutes Produkt ist. Er verdient dann am Verkauf und der Unwissenheit des Käufers.

Als Kunde muss ich aufpassen, welche Menschen ich anspreche, ihnen mein Vertrauen schenke und was ich von ihnen einfordere.

Am Beispiel des Bankangestellten hieße das dann: Will jemand Vermögen aufbauen, verkauft er ihm vielleicht ein Aktienpaket seiner Bank.

Daran verdient das Unternehmen, er selbst und ich bekomme einen Teil davon ab.

So klingelte einst mein Telefon.

„Moin.", harschte mich eine Seebärenstimme an.
„Moin.", antwortete ich höflich.

Dann kam nichts mehr. Nach ein paar Sekunden stellte ich eine Frage. Ich wusste schließlich nicht, wer das war.

„Was gibt es? Geht es gut?"
„Jo."
„Schön. Das freut mich."
Wieder Funkstille.

22

Plötzlich sagte er: „Sie sehen sehr nett aus auf Ihren Bildern."

Oh Gott, war mein erster Gedanke. Was ist das denn für ein Typ und was will der von mir?

„Dankeschön. Ich sehe nicht nur nett aus, ich bin auch nett."
„Nett ist auch mein voller Kühlschrank."

Ich musste laut lachen.

„Der kann aber nicht so gut mit Ihnen reden."

Wir lachten beide. Eigentlich war das ja mein Spruch mit dem Kühlschrank. Aber bei aller Liebe habe ich wirklich keine Lust auf irgendwelche Streiche oder sowas am Telefon. Das sagte ich ihm dann auch.

„Was ist los? Rufen Sie mich an um mir zu sagen, dass ich toll aussehe?"
„Ich sagte nett. Sie sehen nett aus. Das ist ein Unterschied."
„Das ändert aber nichts an meiner Frage. Warum rufen Sie mich an?"
„Ich brauche einen Coach, der mir zu Reichtum verhilft."
„Und dann rufen Sie mich an?"
„Als Coach müssen Sie das doch können."
„Wenn ich das könnte wäre ich selber reich."
„Warum?"

„Ich gebe Ihnen mal einen Tipp. Ganz kostenlos. Telefonmarketing ist nichts für Sie. Und noch einer. Vertrauen Sie nie einem Coach, wenn er Ihnen Reichtum verspricht. Es sei denn, er ist dadurch selbst reich geworden."

„Sind Sie reich?"

„Nee, leider nicht. Somit kann ich Ihnen da wenig hilfreich sein."

„Sie sagen mir gerade ab? Haben Sie einen Klienten nicht nötig?"

„Doch, sehr sogar. Aber nicht um jeden Preis. Ich halte mich selbst für seriös und somit lehne ich solche Anfragen ab. Vielleicht kann ich ein paar Tipps geben, aber versprechen kann und werde ich Ihnen sicherlich nichts."

„Ich dachte echt, Sie verhelfen mir zu mehr Umsatz."

„Ach mehr Umsatz. Das kann ich. Wenn es mehr nicht ist. Wie wäre es mit einem Umsatz von 2 Millionen Euro?"

„Na endlich verstehen Sie mich."

„Sie drücken sich aber auch falsch aus."

„Was ist jetzt? Wie bekomme ich meine 2 Millionen Umsatz?"

„Vorschlag von mir. Ich sage es Ihnen und Sie kommen zu mir in die Beratung zum Thema Erfolg und sowas."

„Bin dabei. Aber mit 2 Millionen bräuchte ich das ja eigentlich nicht mehr."

„Sehe ich anders. Wenn Sie den Tipp befolgen, brauchen Sie das Coaching erst recht."

„Okay. Deal. Schieß los."

„Passen Sie auf. Sie fahren morgen in einen Handyshop und kaufen sich 10.000 Handys für je 300,00 Euro. Diese verkaufen Sie online für je 200,00 Euro. Das wird nicht lange dauern und die sind verkauft. Dann haben Sie Ihren Umsatz von 2 Millionen Euro. Anmeldung beim Gewerbeamt nicht vergessen."

„Aber dann mache ich doch Verlust."

„Sie wollten Umsatz. Den haben Sie jetzt. Von Gewinn war keine Rede. Ich sagte ja, Sie brauchen eine Beratung."

Herr Brand fing an zu lachen.

„Sie haben mich verarscht. Haha. Sie haben mich verarscht."

„Sehe ich anders. Wir hatten einen Deal und ich habe meinen Teil erfüllt. Ich habe Sie vor schlimmerem bewahrt. Mit Ihrem Anliegen treffen Sie schnell auf Scharlatane. Mein Honorar liegt für Sie bei 75,00 Euro die Stunde."

„Das kann ja was werden. Ich komme gerne. Ich glaube, Sie sind doch nicht der Falsche für mich. Sie haben Mut so etwas mit mir zu machen."

„Wie haben Sie Zeit?"

Wir vereinbarten einen Termin zum Coaching.

Günther

Auf Wunsch einer jungen Frau besuchte ich Ihren Vater in seinem Wohnhaus. Eine große, edle, anmutige und protzige Villa an der Stadtgrenze. Ein gepflegter Garten mit Marmoreingang. Ich roch an den Rosensträuchern, die in der Sonne strahlten. Voller Blüte und Leben gaben sie dem Garten Charakter, Anmut und Grazie. Ich hatte auch mal Rosen im Garten, doch so schön waren sie nicht. Hier hat jemand ein Händchen dafür oder einen guten Gärtner.

Die Garage war weit geöffnet, sauberer als der OP-Saal des Krankenhauses. Mehrere schicke Autos und ein Motorrad der Marke Eigenbau. So etwas gibt es nicht in Serie. So etwas wird auf Wunsch gebaut. Wahrscheinlich wurde es noch nie gefahren. Glänzend wie ein Diamant in der Sonne erstrahlte es unscheinbar und abgestellt. Hut ab. Mir wurde bewusst, dass Bildung nicht der einzige Weg zum Erfolg ist.

Einatmen – Ausatmen – Einatmen – Klingeln

Der Mann öffnete persönlich die Tür. Dabei hatte ich eigentlich Personal erwartet. Das war schon ein bisschen enttäuschend. Oder ich habe da wohl zu viel erwartet.

„Guten Tag. Kommen Sie herein. Ich habe eine Sitzecke für uns vorbereitet. Meine Tochter sagte, das würde helfen."

So setzten wir uns in eine Sitzecke, die eher an eine Konferenz erinnerte. Vorstandssitzungen sehen glaube ich genauso aus. Kühl, sachlich und auf das nötigste begrenzt. In der Mitte eine kleine Flasche Wasser und etwas Saft. Ich hätte es anders gemacht. Aber der Wille zählt. Insgesamt war es hier allgemein sehr spartanisch und dennoch sehr schön. Die Handschrift im gesamten Haus war aber sehr männlich. Es wirkte, als hätte hier im Haus noch nie eine Frau gelebt.

„Guten Tag. Ich möchte mich als erstes für Ihr Vertrauen bedanken und bevor wir mit dem Gespräch beginnen, erstmal erklären wie der Ablauf ist."
„Halten Sie mich für doof?"
„Wie bitte? Was meinen Sie?"
„Sie wollen mir erklären was abläuft?"
„Nur die Rahmenbedingungen für unser Gespräch."
„Was soll das bringen? Ändert doch eh nichts."
„Es mag sein, dass es an Ihrer Situation nichts ändert, aber Sie sollten wissen, was auf Sie zu kommt. Auch finanziell. Die Beratung kostet schließlich auch Geld."
„Auch das noch!"
„Was dachten Sie? So funktioniert doch die Wirtschaft. Dienstleistung gegen Entschädigung. Das wissen Sie wahrscheinlich sogar besser als ich."
„Jaja. Weiß ich selbst."
„Soll ich wieder fahren? Vielleicht ist Ihnen das lieber."
„Jetzt auch egal. Sie sind ja schon hier."
„Das können wir ändern. Kostet Sie nichts. Ich fahre und Sie hören nie wieder von mir."

„Meine Tochter bringt mich um. Die hat Sie schließlich angerufen."

„Ja genau. Die war nett."

„Vorsicht. Dünnes Eis."

„Wissen Sie? Ihr eigenes Eis wird gerade immer dünner. Es wird Sie nicht mehr allzu lange halten. Spätestens wenn Ihre Tochter Sie besucht, wird es brechen. Wollen Sie das?"

Die Luft war dünn und die Stille beängstigend. Ich stand auf, packte meine Tasche und wollte gerade gehen.

„Stop. Stop. Wenn mein Eis bricht, gehen Sie mit. Sie und meine Tochter haben mir das eingebrockt. Jetzt ziehen Sie sich nicht aus der Verantwortung."

„Okay. Dann noch mal von vorne. Wir bleiben bitte beim ‚Sie' aber wechseln ab sofort zum Vornamen. Ich heiße Tobias und hätte jetzt sehr gerne einen Kaffee."

Man muss auch beim Kunden mal eine Forderung stellen. Durch meinen Wunsch Kaffee, ohne gefragt zu werden, wollte ich ihm zeigen, dass ich ab jetzt die Führung übernehme. Günther hat es auch genauso verstanden.

„Schnaps wäre mir lieber."

„Kaffee."

„Ich bin Günther."

Er ging murmelnd den Kaffee holen. Ich muss

zugeben, dass ein Schnaps die Situation verbessert hätte. Aber ich halte Alkohol in solchen Situationen für unangebracht.

Wir tranken beide Kaffee. Still für einen Moment. Dann blickte ich Ihn an und wollte ein Gespräch beginnen. Da unterbrach er mich.

„Es ist mir egal was Sie berechnen. Ich habe genug Geld. Das ist nicht mein Problem. Ersparen Sie mir das Gequatsche über Geld, Rechnungen oder irgendetwas Ähnliches.“

Ganz kurz musste ich überlegen, ob das jetzt für mich von Vorteil ist. Zumindest wusste ich jetzt, dass mein Honorar nicht am untersten Limit angesetzt werden muss. Ich berate die Menschen auch, wenn das Geld knapper ist. Bei Günther war mir klar, dass es für ihn egal ist, was es kostet.

„Was ist denn Ihr Problem?“

Lange schaute Günther mir tief in die Augen. Böse, verärgert, voller Zorn, aber auch überwältigt von unerträglichem Schmerz. Die Trauer brannte ihm förmlich in den Augen. Er zitterte und begann an Farbe zu verlieren. Ein gut gebräunter Mann, vom Format einer deutschen Eiche. Ein Mann, der alles gesehen und erlebt hat. Jemand der sich im Leben nie hat unterkriegen lassen. Ein Mann, der alles im Leben erreicht hat. Mehr als die meisten Menschen sich zu erträumen wagen. Ein Mann, der jetzt in diesem

29

Moment, keinen Wert mehr in allem sieht und alles geben würde was er hat, um noch einmal die Hand seiner Frau zu halten. Nur einmal würde er ihr noch sagen wollen, dass er sie liebt.

„Fragen Sie mich das ernsthaft? Sie wissen warum Sie hier sind."
„Ich möchte es von Ihnen hören. Aus Ihrem Mund, mit Ihren Worten, mit Ihren Gefühlen. Sagen Sie mir, was passiert ist und was ich dabei für eine Rolle spiele."

Günther dachte kurz, verlegen und emotional nach. Blickte dann aber schnell nach oben und schaute mir beängstigend tief in die Augen. Ich hatte Mühe seinem Blick Stand zu halten. In dem Moment wurde mir bewusst, warum dieser Mann so erfolgreich war.

„Ich habe eine tolle Frau. Sie starb vor kurzem an einer schweren Erkrankung."

Er blickte kurz für einen kleinen Moment zur Seite. Dann wieder dieser starre und prüfende Blick.

„Ich komme nicht klar. Ich vermisse meine Frau. Hilf mir, bitte!"
„Wir werden einen Weg finden, der Ihnen hilft."

Günther hat mit seinen bedachten Worten ganz unbewusst und ohne es zu wissen seinen Grundstein für den weiteren Trauerverlauf gelegt.

Mit den Worten ‚Ich habe eine tolle Frau' zeigt er deutlich, dass sie noch immer ein Teil seines Lebens ist. Dies war für mich eine große Erleichterung, denn bei vielen Menschen muss ich diesen Teil langwierig erarbeiten, um von da aus an der Beziehung zum Verstobenen arbeiten zu können.

Für meine Auffassung war dies ein Geschenk für uns beide. Für mich war ganz klar, wie der angestrebte Weg begangen werden könnte. Beziehungsarbeit war der Begriff, der mir sofort in die Gedanken schoss. Wir müssen an einer Beziehung arbeiten, die für Günther tragfähig und bereichernd ist. Er muss lernen, dass seine Frau und die Beziehung zwischen ihnen weiter existieren kann. Diese neue Form der Beziehung sollte ihm helfen, den irdischen Verlust zu verarbeiten und trotz allen Schmerzes wieder Glück zu empfinden. So sprachen wir noch eine Zeitlang über seine Frau. Weniger über das, was geschehen ist, sondern über das, was er alleine, an gemeinsamen schönen Momenten erinnern kann. Ich hatte den Eindruck, dass es hier von Vorteil sein könnte mit angenehmen Erinnerungen zu beginnen und dann später zu dem traurigen Teil zu kommen. Mir war es besonders wichtig, dass Günter die erste Begegnung mit mir, nicht mit Leid in Verbindung bringt. Eine Beratung versuche ich immer mit einem Lächeln zu beenden. Ich lasse ungerne jemanden unter Tränen zurück.

Wir vereinbarten als weiteres Vorgehen, uns die Menge der Termine offen zu lassen und von Termin zu Termin zu denken.

Hannah

Hannah ist ein absoluter Sonderfall der Beratung. Nicht einfach und nicht schwierig. Sie war irgendwie alles und doch war bei ihr alles anders. Die Probleme mal so und dann wieder so anders. Das Anliegen von Hannah? Ich weiß es bis heute nicht! Eigentlich hatte sie keines. Aber eigentlich hatte sie ganz viele Probleme und Anliegen.

Grundsätzlich kann man vielleicht sagen, dass Emotionen schwer zu ordnen sind, wenn man nicht weiß, wo man gerade steht. Die Trauer und Lebenskrisen, oder ganz allgemein auch Probleme, können einem, ohne Frage, die Sicht durch das Leben nehmen und an der eigenen Identität und auch am Leben selbst rütteln. Krisen sorgen allzu oft dafür, dass das gesamte und selbst errichtete Selbstbild in sich zusammenfällt. Wie ein Kartenhaus, welches nur stabil steht, wenn alle Karten korrekt miteinander verbunden sind. Selbst dann ist die Stabilität fraglich. Aber genau das ist es, was unser Leben ausmacht.

Hannah begegnete mir im Rahmen einer Veranstaltung. Ein esoterischer Diavortrag über eine Reise durch Asien. Ich glaube ich war nur wegen dem Kuchen dort. Ganz unscheinbar kam sie daher und machte auch sonst nicht auf sich Aufmerksam. Wir hatten gar keinen Kontakt zueinander und ehrlich gesagt, fiel sie mir auch nicht weiter auf.
In einer Kaffeepause gab es Kaffee und Kuchen. Ich liebe Kuchen. Wie ich lernen durfte, liebt Hannah

ebenfalls Kuchen. Sie drängte mich förmlich ab, um schneller am Kuchenbuffet zu sein.

„Ich nehme dir nichts weg."
„Ich weiß. Aber das ist der Lieblingskuchen von meinem Vater. Das Risiko konnte ich nicht eingehen. Ich hoffe du verstehst das."
„Kein Thema. Guten Appetit."

Seltsam. Ich dachte sie wäre alleine hier. Mir war gar nicht bewusst, wie wichtig diese Aussage von Ihr war. Doch die Ironie des Lebens ließ mich einen Stehtisch mit ihr teilen.

„Guten Appetit."

Sie schaute kurz hoch, dann wieder auf den Kuchen. Kein Wort. Nur ein starrer Blick auf den Teller. In der linken Hand hielt sie die Gabel. Diese zitterte wie eine Verlängerung ihrer Hand. Mir ging ein lang gezogenes ‚Okayyyy' durch den Kopf. Ein bisschen zweifelte ich an ihr. Ein Freak, so wie viele andere hier auch. Aber es war auch eigentlich egal, da ich eh nach dem Kuchen nach Hause wollte. Ein paar seltsame Menschen zu viel hier im Raum und auch eine sehr seltsame Veranstaltung.
Das Zittern ihrer Hand machte mich ganz nervös. Ich weiß nicht warum ich es tat, aber ich ergriff kurz ihre Hand. Vor einiger Zeit habe ich gelesen, dass so etwas für einen kurzen Augenblick helfen kann, aus der nervösen Situation heraus zu kommen. Sofort blickte

sie mich an. Im Schein der Sonne glänzend ihre Augen vor lauter Tränen. Eine lange Träne entkam dem Auge und rann über ihre Wange.

„Wie ist dein Name?"

„Hannah."

„Komm Hannah. Wir gehen ein Stück spazieren."

„Und der Kuchen?"

„Du isst ihn doch eh nicht."

„Was willst du draußen mit mir?"

„Reden. Du brauchst jemanden zum reden. An der Luft geht das ganz gut. Danach fahre ich nach Hause."

„Aber warum?"

„Weil du das Glück hast, mich heute zu treffen. Frage nicht zu oft nach einem Warum? Es führt dich zu nichts."

„Was sonst? Wenn ich doch Antworten suche."

„Hast du diese Antworten jemals gefunden?"

„Bis jetzt nicht."

„Na schau an. Also solltest du vielleicht mal die Fragestellung ändern."

Wir gingen ein Stück durch den Garten. Sie sagte nichts, sondern genoss die Anwesenheit einer weiteren Person. Es schien, als ob ich ihr ein Gefühl von Unbeschwertheit vermitteln konnte. Ich sprach sie direkt an.

„Was ist los?"

„Mein Vater. Er starb viel zu früh."

„Glaubst du, dass es überhaupt einen richtigen Zeitpunkt gibt?"

„Weiß nicht."

„Ich bin der Meinung, dass selbst der Tod eines 100 jährigen für die Familie zu früh erscheint. Kranke Menschen, auch in Hospizen, sterben zu früh, plötzlich und im falschen Moment. Wir haben keinen Einfluss darauf und müssen es so nehmen, wie es kommt."

„Mag sein. Aber die anderen interessieren mich nicht. Hier geht es um mich."

„Ich mein ja nur."

„Ja, schon gut. Er hatte einen Unfall. War sofort tot."

„Wann war das?"

„Vor ´nem Jahr. Es kommt mir vor, als wäre es gestern gewesen."

Ich schwieg einen Augenblick. Sie sollte entscheiden, wie es weitergeht und ob sie noch mehr erzählen möchte. Mir selbst kamen viele Dinge in den Kopf. Doch ich zog es vor, nichts zu sagen.

„Ich denke, du wolltest mit mir reden. Jetzt ist es schon vorbei?", fragte Hannah.

„Nein, es ist nicht vorbei. Ich wollte dich nicht unterbrechen und einfach etwas Luft zum atmen geben. In deinen Augen habe ich Tränen gesehen, deine Stimme wurde zittrig, der Nacken zog sich hoch. Das ist dein Moment. Den unterbreche ich nicht."

„Lebt dein Vater noch?", wollte Hannah wissen.

„Nein. Er starb vor sehr vielen Jahren. Viel zu früh. Sehr jung und ganz plötzlich."

„Du weinst nicht, wenn du das sagst."

„Ist schon eine Weile her. Aber das macht es nicht besser. Er bleibt tot und ich habe wichtige Dinge im Leben ohne ihn erleben müssen."

„Das tut mir leid."

„Warum? Es gibt nichts, was dir leid tun muss. Wir beide kennen uns nicht mal."

„Wenn wir uns nicht kennen, frage ich mich, wieso du mit mir redest."

„Vielleicht, weil du es wolltest. Wäre dem nicht so, säßest du immer noch zitternd vor deinem Kuchen. Dahinten ist ein kleiner Teich. Ich liebe Wasser. Komm mit. Ich glaube ich habe Enten gesehen."

Wir saßen eine Zeitlang an dem Teich und sprachen kaum. Dafür vergaßen wir aber gehörig die Zeit.

„Ich fahre jetzt, Hannah. Ich wünsche dir alles Gute und das du einen Weg für dich findest."

„Danke. Vielleicht sieht man sich mal wieder."

„Immer zwei Mal im Leben."

Sie lachte und ich fuhr nach Hause. Warum habe ich das nur gerade gesagt. In diesem Fall ist das wie eine selbsterfüllende Prophezeiung.

Gerne hätte ich etwas mehr mit ihr gesprochen, aber es sollte wohl nicht sein. Auf der anderen Seite muss ich auch nicht mit jedem über seine Probleme sprechen. Schon gar nicht, wenn diese Person das nicht möchte.

Im Leben versuchen wir immer wieder alles in eine gewisse Bahn zu leiten und die Kontrolle zu behalten. Wir planen die Dinge, als wäre es selbstverständlich, dass wir Morgen auch noch auf unsere Pläne schauen können. Es wird schnell vergessen, dass unsere Zeit begrenzt ist und wir nicht wissen, was uns wann widerfährt. Wir versuchen die Kontrolle in unserem Leben zu halten und unser Schiff durch unser Meer des Lebens zu steuern. Doch vergessen wir allzu oft, dass wir auf dieser Fahrt durchs Leben so einigen Stürmen widerstehen müssen. Manchmal kommen wir dann ins Wanken, manchmal reißen die Segel und manchmal übersteht unser Schiff den Sturm nicht. In diesen Momenten brauchen wir Glück, Hilfe, Gnade und viel Zuversicht, um uns zu retten. Solche Stürme gibt es viele und genau diese sind es, die unsere tiefsten Bedürfnisse im Leben erschüttern. Neben den grundlegenden Bedürfnissen, die unsere Lebens-grundlage sichern, haben wir auch Bedürfnisse, die unsere Identität formen.

Die persönliche Identität ist die einzigartige Struktur des Menschen, die seine Persönlichkeit ausmacht. Sie ist etwas wie ein lebenslanger Prozess. Die Menschen definieren sich selbst immer wieder neu, weil sie sich stetig an die jeweiligen Ereignisse im Leben anpassen. Ob sie das wollen oder nicht.

Die schweigende Witwe

Mein Vater sagte immer:
„Reden ist Silber und Schweigen ist Gold."
Er wollte mir damit nur erklären, wie wichtig ein Vertrauensverhältnis im Leben ist und was da alles zugehört. Bei der nächsten Klientin musste ich oft an meinen Vater denken.

Einst kam ich zu einer Witwe zum Trauergespräch. Eigentlich begann alles ganz normal. Wir begrüßten uns und ich bekam einen Platz zugewiesen. Sie setzte sich mir gegenüber und schaute mich kurz an, dann blickte sie verlegen wieder weg. Das Gespräch begann irgendwie gar nicht, denn sie blockte alles ab bzw. ging sie auf nichts, von dem was ich ihr anbot, ein.

Es war Winter, bitterkalt und ich war durchgefroren, weil mein neuer Mantel nicht wirklich so warm war, wie ich gedacht habe. Außerdem habe ich den ganzen Tag am Friedhof gestanden und auch dort bereits gefroren. Somit fragte ich, ob wir vielleicht einen Tee zusammen trinken. Sie lächelte und ging sofort in die Küche.

"Moment bitte, ich helfe Ihnen gerne dabei."

Mir war etwas langweilig und ich fürchtete, dass dieses Gespräch nicht sehr unterhaltsam werden würde. Oder dass hier überhaupt noch etwas passieren würde. "Das würde mich freuen!", rief sie freudig.

Den Tee bereiteten wir gemeinsam zu und setzten uns wieder auf die alten Plätze. Zum Glück war der Kamin an und mein Sessel recht nah dabei. Aber wir schwiegen wieder und wir genossen den Tee.
Ich versuchte es noch einmal und sprach neben der Bemerkung über den leckeren Tee auch noch einmal das Thema Trauer an.

"Nicht jetzt.", sagte sie. und schwieg wieder.
Oft lächelte sie und bot mir mehr Tee an und Kekse. Der Tee war köstlich. Orange mit Vanille und einem Hauch von Zimt. Ich musste an die Zimtschnecken von Aldi denken. Aber es gab leider nur normale Kekse. Schoko. Jetzt werde ich noch dicker am Bauch, wenn die mich weiter mit Keksen füttert. Egal. Sprechen wollte sie aber einfach nicht. Dies war anfänglich eine sehr schwierige Situation für mich. Doch dann verstand ich, worum es ihr ging und schwieg mit ihr.
Ein Ausbilder sagte mir mal: „Wenn der Klient nicht reden will, soll er es lassen. Er bezahlt die Zeit. Also entscheidet er auch, wie die Zeit genutzt wird."
Dies ist nicht meine Art zu arbeiten, aber eigentlich hat er da ja recht.

Nach gut einer Stunde sagte ich: "Wir hatten eine Stunde vereinbart. Ich mache mich so langsam auf den Weg."
"Ja ist gut. War ja besprochen."
"Ich würde vorschlagen, sie melden sich wenn sie noch einen Termin vereinbaren möchten."

"Verstehe ich nicht. Können wir das nicht jetzt schon klären?"

Ich war erstaunt, denn eigentlich fürchtete ich, sie wolle keinen mehr. So klärten wir einen neuen Termin. Etwas komisch fand ich es trotzdem. Auf der Straße, die Tür war schon zu, machte ich mein Handy wieder an und wollte mich bei meiner Frau melden. Ich musste noch einkaufen und somit noch etwas Restliches klären.
Ich blickte kurz zurück zum Haus und sah sie am Fenster stehen, heimlich durch die Gardine gucken. Sie lächelte mir zu und nickte. Ich tat es ihr gleich. 2 Minuten später bekam ich eine SMS.
"DANKE!"

Mehr nicht. Doch genauso kurz antwortete ich mit: "Sehr gerne."

Es ist schon traurig, wenn man bedenkt, wie oft wir versuchen anderen auf eine Art und Weise zu helfen, die wir persönlich für die richtige Methode halten. Wir versuchen Menschen in Krisen eine Art von Therapie aufzuzwängen, welche wir für das einzig richtige halten. Nur weil wir das woanders mal gesehen oder gehört haben oder es für uns selbst funktioniert bzw. in ähnlichen Situationen geholfen hat. Doch was ist mit den Bedürfnissen des anderen. Braucht dieser das? Möchte dieser das? Sollten wir nicht feinfühlig in diese Person hinein hören und hinterfragen, was dieser Mensch möchte und wirklich braucht? Der Umgang mit der Trauer oder mit den Problemen ist so vielseitig, wie es Menschen gibt. Wo nehmen wir uns das Recht her zu entscheiden, was für einen anderen gut ist? So etwas ist anmaßend und respektlos. Nur die Person selbst ist der Anfang und das Ziel eines jeden Gesprächs. Natürlich müssen wir auch mal Anreize setzen, um etwas zu bewegen. In der Beratung muss ich das auch immer machen. Das ist gut und wegweisend, aber es ist auch immer nur meine Vorstellung von einem passenden Weg. Wenn der Klient das nicht möchte, muss ich weitersehen. In diesem Fall war es die Aufgabe der Familie zu erkennen, dass die Dame nicht reden wollte. Sie hätten spüren müssen, dass sie lieber mit jemandem ein Buch gelesen hätte oder in den Fernseher geschaut hätte. Jedes Wort hat dieser Dame nur weiteren und unnützen Schmerz zugeführt.

Frau Breinert

Mich rief Frau Breinert an, um einen Termin für ein Gespräch zum Thema Trauerbegleitung mit mir zu vereinbaren. Oder wollte sie das gar nicht? Ging es ihr überhaupt um Trauer oder was wollte sie von mir? So ganz klar war das nicht.

„Guten Tag. Breinert mein Name. Ich habe Sie bei Facebook gefunden. Sie bieten doch auch diese Trauerbegleitung an, oder?"

„Ja das mache ich, Frau Breinert. Worum geht es Ihnen denn?"

„Muss ich das am Telefon sagen?"

„Nein, das müssen Sie natürlich nicht. Wir können uns auch Morgen treffen."

„Das klingt besser. Wo muss ich hin? Gerne zum Abend hin. Ich muss arbeiten."

Ich nannte ihr meine Anschrift und wir vereinbarten einen Termin.

„Frau Breinert. Sagen Sie mir denn vielleicht, wer verstorben ist. Nicht woran und sowas. Nur wer."

„Mein Mann ist verstorben."

„Gut. Bis Morgen. Bitte bringen Sie ein Foto mit."

„Wofür? Ich weiß wie er aussieht."

„Ich aber nicht. Außerdem gehört er zum Thema dazu. Schadet doch auch nicht."

„Wenn Sie meinen. Aber eigentlich dachte ich, es ginge um mich. Er ist doch tot."

„Darüber sprechen wir noch."

Wir verabschiedeten uns und ich dachte mir, dass ich gerne mehr gewusst hätte. Die Informationen waren so spärlich, so dass ich mich nicht wirklich vorbereiten konnte. Aber es geht ja auch nicht um mich. Etwas spontan muss man auch manchmal sein. Somit hatte ich wenigstens keine Vorannahmen oder sogar Vorurteile. Das kann schnell passieren, wenn zu viele Informationen in den Raum geworfen werden.

Denn diese sind meistens unsortiert und oft aus dem Zusammenhang gerissen oder auch einfach nicht der Wahrheit entsprechend.

Einen Tag später klingelte eine sehr elegante Dame, sehr pünktlich zum Termin an der Tür.

Frau Breinert ist eine Erscheinung. Ihr gesamtes und äußerst selbstbewusstes Auftreten, gepaart mit einer seltenen Elegance im Styling und der Kleidung, verliehen ihr eine gewisse Grazie. Sie war nicht die hübscheste, aber wirklich nett anzusehen und ein wahrer Blickfang.

„Breinert. Wir haben einen Termin."

„Ja genau. Ich bin Herr van der Velde. Kommen Sie herein. Haben Sie es gut gefunden?"

„Eigentlich schon. Ich verfahre mich sogar auf dem Parkplatz bei Aldi."

„Sympathisch. Ich verlaufe mich irgendwie immer beim wandern. Selbst dort wo ich mich auskenne."

Wir lachten beide. Das ist immer ein guter Einstieg und schafft Vertrautheit und Sympathie. Sicherlich bin ich kein Komiker, aber wenn es sich ergibt, ist

Humor auf jeden Fall erstrebenswert. Am Ende eines Gesprächs versuche ich den Klienten zumindest immer mit einem Lächeln zu verabschieden. Keiner darf das Gespräch traurig verlassen.

„Möchten Sie etwas trinken? Wasser oder Kaffee?"
„Wasser ist gut."

Wir setzten uns und ich ließ sie erst einmal ankommen. Sie sagte nichts. Somit schwieg ich auch kurz.

„Was führt Sie zu mir? Außer dem Umstand, dass Ihr Mann verstorben ist."
„Deswegen bin ich gar nicht hier."
„Aber Sie sagten doch, Ihr Mann sei verstorben."
„Jaja klar. Aber das ist doch nicht das Problem. Den Tod können Sie auch nicht ändern."
„Natürlich nicht. Warum kommen Sie dann?"
„Ich habe Probleme, mit meinen Emotionen und dem Alltag. Meine Freundin sagt, ich bräuchte dringend Hilfe. Darum habe ich nach Menschen wie Ihnen gesucht."

Menschen wie Ihnen. Herzlichen Dank. Für mich klang das fast abwertend. Aber vielleicht sehe ich das zu eng.

„Danke für Ihr Vertrauen. Was sagt sie denn noch, Ihre Freundin?"
„Sie ist der Meinung, dass ich neue Wege gehen müsse und neue Dinge ausprobieren solle. Dabei habe ich

bereits alles versucht. Ich weiß nicht, ob es etwas bringt, wenn Sie Ihre Zeit an mir vergeuden."

„Es ist niemals vergeudete Zeit. Was haben Sie denn versucht?"

„Alles."

„Jaja klar. Aber was?"

„Wie meinen Sie das?"

„Ich will wissen, was Sie gemacht haben, um Ihre Emotionen zu ordnen oder auch mit dem ganzen Sachverhalt umzugehen. Ich möchte wissen, was Sie genau und auf welche Weise gemacht haben. Darüber können wir versuchen, einen für Sie passenden Weg zu finden."

„Ich dachte, Sie sagen mir einfach, was ich machen soll und dann bin ich wieder weg."

„Das kann ich leider nicht. Trauer und Krisen sind nicht einfach so weg zu bekommen, wie z. B. leichte Kopfschmerzen durch Aspirin. Außerdem werde ich Ihnen niemals sagen, was das richtige für Sie ist. Das wäre meine Meinung und die zählt nicht in unserem Gespräch."

„Klingt nach Arbeit."

„Es gibt schöneres."

„Ich habe es befürchtet. Aber gut. Dafür bin ich ja hier."

„Also. Was haben Sie versucht?"

So begannen wir darüber zu sprechen, was sie so alles versucht hat. Das war interessant und eigentlich alles ganz gut. Scheinbar hatte sie nur ein Problem, mit der jeweiligen Umsetzung der Methoden. Ich wusste jetzt, was ich machen kann und was ich mir auch sparen kann. So manche ihrer Methoden, hätte ich auch vorgeschlagen. Sie lehnte das aber ab, bevor ich anfangen konnte. Das ist für mich eigentlich gar nicht so schlecht. Denn dadurch kann ich eventuell eine weitere Enttäuschung abwenden.

Wir sprachen insgesamt 60 Minuten und vereinbarten einen neuen Termin.

Ich wusste immer noch nicht, was mit ihrem Mann passiert ist.

Martin Dechelmann

Herr Dechelmann erwischte mich etwas ungünstig telefonisch, während einer Beerdigung. Da ich etwas Zeit hatte ging ich aber auch ran.

Er sprach sehr schnell und kannte weder Punkt noch Komma. Sein Wortlaut und seine gesamte Sprache waren erfüllt von Abneigung und Abweisung, Wut und Trauer, Angst und Unsicherheit. Er hat sofort die Führung übernommen, ohne abzuwarten, was ich dazu vielleicht zu sagen gehabt hätte. Das ist nicht selten. Aber gut ist es dadurch noch lange nicht. Das stört den Aufbau von Vertrauen und Gemeinsamkeit. Ein Gefühl von ‚Wir' entsteht auf diese Weise nur schwer oder sogar gar nicht.

Da ich am Friedhof keine Zeit für lange Gespräche habe, kam mir diese Art auch ganz gelegen. Solche Menschen kann man auch leichter abwürgen. Was ich leider auch machen musste.

„Guten Tag. Dechelmann. Ich brauche da mal Ihre Hilfe."

„Guten Tag. Wobei brauchen Sie Hilfe?"

„Ja. Naja. Ich hab da ein paar Probleme. Aber nichts, was ich nicht hinbekommen könnte."

„Das klingt doch gut. Dann brauchen Sie mich ja gar nicht."

„Nee eigentlich nicht. Aber. Ja. Ich weiß es doch auch nicht man."

Er stotterte etwas, fing sich dann aber schnell wieder.

„Sie müssen mir jetzt aber nicht mit so einem Quatsch kommen. Bin ein erwachsener Mann."

„Ich habe nichts gegen Ihre Männlichkeit gesagt."

„Helfen Sie mir jetzt?"

„Wobei?"

„Na bei meinem Problem."

„Welches Problem? Sie haben mir bis jetzt noch keines genannt."

„Zwängen Sie mir jetzt keines auf."

„Niemals. Aber ehrlich gesagt sollten Sie langsam auf den Punkt kommen. Ich habe keine Zeit für Rätsel raten. Haben Sie ein Problem? Dann sagen Sie es mir und wir werden sehen was ich dabei für eine Rolle spielen kann. Ansonsten wünsche ich Ihnen einen schönen Tag."

„Ich habe da Stress in der Firma. Und in der Familie. Und mit.... Das geht mir jetzt zu weit."

Kurze Pause.

„Meine Frau ist gestorben."

„Das tut mir leid zu hören. Aber was hat die Firma mit Ihrer Frau zu tun?"

„Eigentlich nichts."

„Wie wäre es denn, wenn wir uns treffen würden? Am Telefon ist das nichts."

„Sag ich doch. Ich kann aber erst nächste Woche."

„Heute ist Freitag. Dachten Sie ich habe heute noch Zeit?"

„Natürlich. Müssen Sie doch."

„Nicht wirklich."

Wir machten einen Termin für in 14 Tagen. Schon aus Prinzip hatte ich keinen früheren Termin frei. Man muss sich ja nicht alles gefallen lassen.

Das 2. Gespräch

Im Regelfall plane ich die meisten Gespräche mit einem Abstand von etwa 14 Tagen. Das hat ganz unterschiedliche Gründe.
Zum einen benötigen die Menschen Zeit, sich zu ordnen und vorzubereiten. Über ein paar Dinge wurde ja auch schon im Erstgespräch gesprochen. Das muss meistens etwas sacken.

Auf der anderen Seite schicke ich meine erste Rechnung sofort mit einem Zahlungsziel unter 10 Tagen. Eine pünktliche Zahlung ist ein Zeichen dafür, dass der Klient sich auch an Vereinbarungen hält und seinen Verpflichtungen nachkommt.
Das hat auch mit Vertrauen zu tun. Dauert eine Begleitung länger, schicke ich die Rechnung auch später. Es ist nur die erste, die sofort kommt. Wenn überhaupt. Manchmal schicke ich auch gar keine.

Die 14 Tage können dann auch schon mal länger dauern. Je nach Bedarf. Ich habe Klienten, welche ich nur alle 6 Wochen treffe und bei manch einem regele ich gar keinen Anschlusstermin. Die kommen einfach so vorbei oder melden sich wie sie Lust und Bedarf haben. Das muss auch jeder für sich entscheiden.

Aber dann gibt es natürlich noch die Hannah. Die schwebt über allem und braucht keine geregelten Zeiten.

Frau Gehlmann

Ich stand vor Ihrer Tür, direkt an meinem Wagen. Mein Oberhemd weit geöffnet. Mir war wieder so warm. Jahrhundertsommer hieß es gerade im Radio.

„Hey Schatz. Ich bin jetzt im Gespräch. Melde mich, wenn ich fertig bin. Geht ihr schwimmen?"

„Klar. Hab jetzt auch keine Zeit. Ulla kommt gerade. Bis später."

Danke. Ich liebe dich auch. Die 2 Minuten hätten für mich wohl drin sein können. Aber so ist es wohl, wenn man länger verheiratet ist. Sowas verliert an Bedeutung und die Prioritäten scheinen sich zu verschieben.

Ich trank noch etwas Wasser. Wer weiß, ob ich gleich noch etwas zu trinken bekomme.

Einatmen – Ausatmen – Einatmen – Klingeln
Kurz warten. Das Holz knarrte im Haus.

„Hallo Frau Gehlmann. Schön Sie zu sehen."

„Ja, Hallo. Das finde ich auch."

„Ich muss das Haus immer wieder bewundern. Wir haben kaum drüber gesprochen letztes Mal. Wie alt ist das? 100?"

„Ja genau. Fehlt nicht mehr viel. Hat beide Kriege ohne Schaden überstanden."

„Aber Sie wohnen ganz schön hoch. Bin ja ganz fertig gleich."

„Ich höre Sie schnaufen. Sie machen keinen Sport, oder?"

„Nee. Leider nicht."

Das war peinlich. Die Frau war über 80 und schneller in der Wohnung als ich. Ich schob es auf meinen vollgepackten Besprechungskoffer.

„Möchten Sie ein Glas Wasser?"
„Ja gerne. Ich bereite in der Zeit ein paar Dinge vor:"

Sie kam wieder mit einer Flasche Wasser.

„Sie sehen so aus, als würde ein Glas nicht reichen."

So langsam könnte sie aufhören, mit in den Magen zu hauen. Vielleicht sollte ich doch mal wieder Sport machen. Doch der Gedanke löste sich, dem Himmel sei Dank, schnell wieder in Nichts auf.
Ich habe ein paar mitgebrachte Bilder aufgestellt. Diese Bilder, aus der sogenannten Biographiearbeit, nutze ich ganz gerne in einer Beratung.
Der Einsatz solcher Hilfsmittel kann ein Gespräch bereichern und beleben. Durch den Einsatz von praktischen Hilfsmitteln lockert sich die, meist etwas steifere, Gesprächsform. Wichtig ist es allerdings, nicht wahllos Bilder auszuwählen, denn eigentlich ist dies auch die Aufgabe von den Klienten. Bei Frau Gehlmann wollte ich das etwas beschleunigen, da sie für solche Dinge nicht so empfänglich ist, wie sie auch selbst sagt. Wer nicht will, muss manchmal etwas überzeugt werden.

„Das sind aber schöne Bilder. Haben Sie die selbst gemacht?"
„Nein, die sind gekauft. Ist viel einfacher und die

Auswahl ist gut."

„Was wollen Sie jetzt damit? Die hänge ich hier nicht auf."

„Natürlich nicht. Die nehme ich wieder mit. Aber dazu kommen wir noch."

„Klingt nach einem vollen Programm."

„Erzählen Sie mir von den letzten Tagen. Wie ist es Ihnen ergangen, nach unserem Gespräch?"

„Na Ja. Ich habe viel nachgedacht und ich glaube ich muss mich entschuldigen. Mein Verhalten war Ihnen gegenüber vielleicht nicht so nett. Sie kamen ja kaum zu Wort."

„Passt schon. Alles okay. Was heißt, Sie haben viel nachgedacht?"

„Ohne Ende. Ich bin das, glaube ich, wohl falsch angegangen."

„Also ich bin davon überzeugt, dass es kein richtig oder falsch gibt. Es gibt nur Dinge, die gerade nicht die passenden sind. Pauschal würde ich das aber nie so sagen. Formulieren Sie es doch um.

‚Ich habe den, für mich passenden, Weg noch nicht gefunden.'"

„Klingt besser. Trotzdem habe ich Entscheidungen getroffen und diese werde ich umgehend umsetzen."

„Sie zögern nicht lange."

„Was soll das bringen? Muss es ja sowieso machen. Ob jetzt oder morgen ist dabei doch auch egal."

„Mögen Sie mir davon erzählen?"

Frau Gehlmann nahm unser Gespräch vom letzten Mal wieder auf. Sie hat verstanden, dass ihre unentwegten Schuldvorwürfe und die andauernden

Anschuldigungen aus vergangener Zeit zu nichts mehr führen. Während ihrer Ehe konnte sie diese Vorwürfe an ihrem Mann auslassen. Doch jetzt ist er verstorben. Vorwürfe machen somit jetzt keinen Sinn mehr. Ob das vorher gut gewesen ist, ist sicherlich fraglich. Aber das war schließlich ihr Leben und ihre Entscheidung. Das ist etwas zwischen ihr und ihrem Mann. Wichtig war jetzt, dass sie erkennt, dass sie ihrem Mann nichts mehr vorwerfen kann.

Bei dieser Gelegenheit hat sie dann auch ihren Bekanntenkreis aufgeräumt. Ihren Stammtisch, seit fast 30 Jahren, hält sie nur aus alter Verpflichtung heraus. Durch den Tod des Mannes braucht sie die Verpflichtung nicht mehr. Meiner Meinung war das der größte Fehler, den Sie machen konnte. Ihren gesamten sozialen Kreis aufzulösen, führt nur dazu, dass Sie keinen mehr hat, der ihr den Rücken stärkt oder sie in schweren Momenten stützen kann.

„Ich gehe jetzt Fahrrad fahren. So wie andere wandern gehen. Schön weit. Habe ja jetzt Zeit."
„Mit wem fahren sie denn, wenn sie ihre Freunde gerade in den Wind schießen?"
„Weiß ich nicht? Ist das wichtig?"
„Für mich nicht? Trotzdem sollten sie beim aufräumen aufpassen, dass sie nicht alleine dastehen."
„Münster ist kein Dorf. Wird sich wohl jemand finden. Was ist jetzt mit den komischen Bildern da vorne?"
„Gerade haben Sie noch gesagt, die wären schön."
„Wollte Ihnen einen Gefallen tun."
„Aus Verpflichtung heraus?"

„Tut mit leid. So komisch sind die Bilder gar nicht. Das Labyrinth finde ich toll und die Spirale. So fühle ich mich manchmal."

„Darum stehen die Bilder da. Ich hielt diese für passend. Was macht die Spirale mit Ihnen oder wo stehen Sie in diesem Labyrinth?"

Wir sprachen lange und ausführlich über ihre Emotionen und die Achterbahn der Gefühle tief in ihrem Inneren. Ihre harte und abweisende Schale begann zu brechen und ich konnte dieses Gespräch endlich als normal bezeichnen.

Einen neuen Termin sollte es nicht geben.

Herr Brand

Für mich war für das folgende Gespräch klar, dass wir uns nicht oft treffen werden und wo der Weg hingehen wird bzw. was ich zu tun habe. So machte ich mir Gedanken zum Thema Erfolg, Steigerung von Selbstbewusstsein, Motivation und solchen Sachen und kramte etwas in meinem Fundus an Techniken aus dem Coaching. Mir war das schon ernst und wichtig, ihm in irgendeiner Weise zu helfen. Aber das Thema Geld vermehren war sicherlich durch.
Ich fuhr zu Ihm nach Hause.

Einatmen – Ausatmen – Einatmen – Klingeln

„Moin.", begrüßte er mich. Er sah wirklich so aus wie ein Seemann.
„Moin."
„Kommen se rin. Können se rausgucken."

Er fing an zu lachen. Was für ein Typ.

„Ich habe nochmal über Ihren Tipp mit den Handys nachgedacht. Das könnte klappen. Als umsatzstarkes Unternehmen bekomme ich sicher auch Gelder von der Bank. Damit kann ich meinen Gewinn steigern."

Man ist der doof. Verschaukelt der mich gerade?
Das ist jetzt bestimmt seine Rache dafür, weil ich ihn auf den Arm genommen habe.

56

Wobei man eingestehen muss, dass so manche Geschäftsleute viel Geld mit Fördergeldern und Krediten für Aufträge gemacht haben, die es nie gegeben hat. Mit vorgetäuschten Umsätzen. Aber solche Menschen sind Geschäftsleute und Profis, durch und durch. Herr Brand gehört definitiv nicht zu der Sorte.

„Meinen Sie das ernst?"

„Habe ich mal im Fernsehen gesehen."

„Und Sie meinen, das können Sie auch, weil Sie das im Fernsehen gesehen haben?"

„Klar. Das war gar nicht so schwer."

„Wie heißt denn der Film?"

„Das habe ich vergessen."

„Vergessen!? Sie haben es vergessen. Aber Sie wissen noch genau, wie das funktioniert?"

„Nein, nicht so richtig. Darum sind Sie ja hier."

„Ich kenne den Film aber nicht."

„Ja doof. Und jetzt?"

„Ich berate Sie nicht auf Grund eines Films, sondern ich versuche an Ihrem Potenzial zu arbeiten und Ressourcen zu wecken."

„Irgendwie läuft das hier nicht."

„Vielleicht ändern Sie erst einmal Ihre Anforderungen und geben mir eine Möglichkeit anzufangen. Dann können Sie auch an sich arbeiten."

„Okay los."

„Jaja. Slow down. So schnell geht das nicht."

„Zeit ist Geld."

„Wir haben durch Ihren komischen Film schon 10 Minuten verloren."

„Dann bleiben Sie halt länger."

Herr Brand warf mir Geld für 2 Stunden entgegen. Schon sehr unhöflich. Aber er zahlt, somit bestimmt er auch den Ablauf.

„Setzen Sie sich Herr van der Velde. Wir haben etwas vor uns. Ab jetzt wird keine Zeit mehr verschenkt."

„Dann haben Sie ja schon etwas Wichtiges gelernt. Zeit ist kostbar. Zeit kann teuer sein. Zeit muss genutzt werden. Sprechen wir doch einmal zu Beginn über Ihr persönliches Zeitmanagement. Wie ist Ihr Tag strukturiert?"

„Gar nicht. Wofür? Ich stehe morgens auf und gucke was kommt. Was soll ich da managen? Den Rest erledigt meine Arbeit."

„Weil?"

„Was meinen Sie?"

„Sie lassen aus welchem Grund die Arbeit alles für sich erledigen?"

„So läuft es doch. Im Job gibt es meist keinen Platz für eigenen Spielraum. Und neue Jobs gibt es nicht. Sie wissen doch wie das ist. Heute bekommt man ja auch nichts mehr angeboten."

„Auf welche Angebote warten Sie denn? Vor allem von wem?"

„Na von Arbeitgebern."

„Wer kennt Sie denn schon? Wo haben Sie sich bisher vorgestellt?"

„Ich stelle mich doch nicht vor. Wer mich will, soll sich melden."

„Wenn Sie doch keiner kennt?! Wer soll denn dann hier klingeln?"

„Die guten Jobs werden immer schon vergeben, bevor man überhaupt weiß, dass die Stelle frei ist."

„Die werden aber auch von Menschen besetzt, die etwas auf dem Kasten haben und in der Firma bekannt sind. Sonst wüssten diese Leute das auch nicht. Manche von denen warten auch seit Jahren auf solchen Chancen."

„Das dauert mir zu lange. Das muss doch schneller gehen."

Wir sprachen noch eine Weile und ich musste mir eine fast endlose Litanei von Vorwürfen über den derzeitigen Arbeitsmarkt, die Regierung, die Not von Hartz 4 Empfängern und so weiter anhören.

Nicht ein einziges Mal kam von ihm auch nur der Ansatz der Möglichkeit, dass auch er selbst eine Verantwortung für sich und seine Situation trägt. Das ist sicherlich eines der größten Hindernisse bei Menschen, denen es nicht gut geht. Viele Menschen sind mit dem Leben unzufrieden und würden natürlich gerne etwas ändern. Aber wer sich tagtäglich überwiegend darauf konzentriert, was im eigenen Leben, im Leben der anderen und auch sonst auf der Welt nicht richtig läuft, der wird niemals erkennen, was er auf dieser Welt schönes entdecken kann.

So etwas zu erkennen, kann das Selbstwertgefühl enorm steigern. Für ein besseres Selbstwertgefühl muss sich allerdings jeder selbst bewegen und seine Komfortzone verlassen.

Das erklärte ich dann auch Herrn Brand. Gefallen hat ihm das aber natürlich nicht.

Günther

2 Wochen später stand ich wieder durchaus erfreut vor Günthers prachtvollem Anwesen. Finger an die Klingel.

Einatmen – Ausatmen – Einatmen – Klingeln

„Moin Tobias. Sie sind ja richtig pünktlich."
„Hallo Günther. Das ist eines meiner Laster. Für mich geht das nicht anders."
„Wenn mal alle so denken würden. Das ganze Volk, das ich beschäftige, sieht das nicht so. Die brauchen mal eine Umerziehung. Sie sind doch auch Coach. Kümmern Sie sich darum?"
„Ein anderen Mal vielleicht. Wie geht es Ihnen?"
„Sehr bescheiden. Ich kann mich bei der Arbeit ablenken. Aber wahrscheinlich werden Sie mir jetzt sagen, dass das nicht der richtige Weg ist."
„Naja. Wenn es Ihnen hilft, ist das doch auch vorerst in Ordnung. Übertreiben dürfen Sie das aber nicht."
„Woher weiß ich, ab wann es zu viel ist?"
„Meistens merkt man das selbst gar nicht. Aber vielleicht kann ich mit Ihnen Wege erarbeiten, die das dann für Sie regeln."
„Das klingt gut. Sie nehmen schwarzen Kaffee, oder?"
„Ja bitte."
„Sagen Sie bitte, wir haben so viel geredet letztes Mal. Das ist ja alles schön und gut. Aber was bringt das jetzt effektiv für mich?"
„Erstmal ist es schön darüber gesprochen zu haben.

Um daran zu arbeiten, muss ich aber auch ein paar Dinge wissen. Ich hatte den Eindruck, dass es Ihnen gut getan hat. Habe ich mich da getäuscht?"

„Nee, nee. Überhaupt nicht. Das war sehr gut. Ich habe Ihnen mehr erzählt, als irgendjemand anderes weiß. Habe mich gefragt, warum ich Ihnen das überhaupt so ausführlich erzählt habe. Ich kenne Sie ja eigentlich gar nicht."

Das sind die Nebeneffekte und die heimlichen Vorteile einer Beratung. Freunde wissen vieles und es wird vorausgesetzt, dass sie das andere auch schon wissen. Gleiches gilt für die Familie. Ein Fremder weiß nichts und somit muss er alles erzählt bekommen. Freunde und Familie wollen auch vieles gar nicht mehr hören. Vielleicht weil sie es ja bereits wissen, oder weil es sie belastet und sie selbst nicht damit klar kommen. Dafür kann es viele Gründe geben. Für manch einen Betroffenen ist es sehr wohltuend über Dinge zu sprechen, die sonst keiner weiß oder nicht wissen durfte. Sie sollten den Mut haben, die Dinge zu hinterfragen. Auch dann, wenn Sie diese eigentlich schon kennen. Sie müssen nur aufpassen, dass der andere nicht das Gefühl bekommt, sie hätten ihm nie zugehört. Eine geschickte Fragestellung ist hier sehr hilfreich. Die Art und Weise Fragen zu stellen, regelt und steuert das gesamte Gespräch. Das gilt nicht nur für die Beratung.

„Hat es Ihnen geschadet?"

„Nein. Überhaupt nicht. Das gefiel mir. So manches musste mal raus. Ich danke Ihnen fürs zuhören. Wie soll es denn jetzt weiter gehen? Sie wollten sich doch auch Gedanken machen."

„Das habe ich auch. Aber meine Überlegungen zum Verlauf sind immer abhängig von Ihrem Verhalten. Ich bin da ganz offen und spontan. Aber ich möchte jetzt tatsächlich etwas mit Ihnen machen. Etwas Hypnoseähnliches."

„Ach her je. Das funktioniert bei mir nicht."

„Das sagen 80% der Menschen. In Wahrheit sind aber fast 100% hypnotisierbar. Aber ich will Sie gar nicht hypnotisieren. Darum sagte ich ja auch etwas Hypnoseähnliches."

„Das klingt wahrscheinlich schwieriger als es ist."

„Ist doch meistens so."

Zu Hause habe ich lange überlegt, was ich genau mache. Der Ruf der Hypnose ist im Volksmund nicht der Beste. Dafür haben die Medien in den letzten Jahren sehr viel getan. Aber in Wahrheit ist Hypnose ein therapeutisches Instrument, welches in der Praxis anders abläuft, als die meisten Menschen zu wissen glauben.

Hypnose ist sehr vielseitig und ich persönlich liebe den Einsatz der Hypnose bzw. von Teilen daraus.

Was mache ich also bei einem Mann, der das nicht möchte oder der Meinung ist, dass das Ganze nicht funktioniert?

Mir wurde klar, dass ich wohl einen kleinen Trick anwenden musste, wenn ich nicht lange und mühselige Tranceinduktionen verwenden wollte. Da fiel mir mein Pendel ein. Irgendwann habe ich den mal gekauft, weil ich dachte, es wäre zur Hypnose zwingend notwendig. In meiner Ausbildung zum Hypnotiseur wurde ich eines besseren belehrt. Denn in Wahrheit habe ich das Pendel noch nie benutzt. Außer mir das Ding manchmal aus Langeweile selbst vor die Augen gehalten. Bringt natürlich nichts. Aber es wurde mal ausgepackt. So öffnete ich meine Tasche und holte das Pendel heraus.

„Oh Gott. Was kommt denn jetzt?", fragte Günther belustigend und irgendwie auch abwertend.
„Das ist ein Hypnosependel. Der ist schick oder? Spielerei. Gibt es im Fachhandel für viel Geld oder zum Schnäppchenpreis bei Amazon. Egal. Was halten Sie davon, dieses Pendel einmal in die Hand zu nehmen?"

Günther zögerte kurz. Aber ihm war bewusst, dass nichts passieren wird, wenn er dieses Pendel selbst festhält. Zumindest hat er das im Fernsehen gesehen.

„Sehr schön. Wie fühlt es sich an?"
„Ich weiß nicht. Eine Kette halt. Wie soll die sich schon anfühlen? Ich kann nicht mal sagen, ob sie kalt oder warm ist. Viel zu klein das Teil."

„Sehr gut. Wissen Sie eigentlich, dass diese Kette eine Verlängerung Ihrer Gedanken sein kann und vielleicht sogar meine Befehle ausführt, obwohl ich die Kette nicht anfassen werde?"

„Wie soll das gehen?"

„Bitte nehmen Sie die Kette am oberen Kügelchen zwischen Daumen und Zeigefinger und Ihr Arm schwebt frei in der Luft. Sie sehen, wie die Kette einfach still da hängt. Richtig?"

„Ja genau."

„Sie halten den Arm und die Finger weiterhin ganz still. Jetzt fassen Sie sich einen Gedanken. Meinen Gedanken. Ich will, dass die Kette sich nach links bewegt, ohne dass Sie Ihren Arm bewegen."

Günther schaute sehr ungläubig, schaute dann aber zur Kette. Es dauerte nur kurz und sie bewegte sich nach links. Erschrocken warf er die Kette zu Boden. Er hatte etwas Angst schien mir. Ich hob die Kette wieder auf und drückte sie ihm in die Hand.

„Das ist nicht nett, Günther. Es gibt keinen Grund meine Sachen auf den Boden zu werfen. Wir fangen nochmal an."

„Entschuldigung. Ich habe mich nur erschrocken."

„Das ist keine Spinne. Es ist nur eine Kette die Ihre Gedanken ausführt. Greifen Sie noch einmal so wie gerade. Denken Sie daran, dass sich die Kette nach links bewegen soll. Jetzt sagen Sie sich innerlich Stop."

Die Kette blieb stehen. Wir wiederholten dies ein paar Mal mit kreisenden und anderen Bewegungen. Günther machte wunderbar mit. Er wusste zum Glück nicht, warum sich die Kette bewegt hat. Er glaubte, ich wäre so etwas wie ein Zauberer oder ähnliches. Dieser Trick hat bestens funktioniert. Günther glaubte jetzt, ich könne etwas, was andere nicht können. Er sah in mir einen Fachmann, der ihm unheimllich war und der ihm auf sonderbare Weise helfen könnte.

Punkt für mich. Beratung kann weiter gehen.

In Wahrheit hat sich die Kette nicht durch mich bewegt. Die Bewegung entsteht ideomotorisch. Das heißt, aus kleinsten und nicht einmal spürbaren Muskelbewegungen in den Fingern, die er selbst, ohne es zu merken, gesteuert hat. Ein alter Trick. Okkulte Handlungen, mit den Stimmen aus dem Jenseits, funktionieren auf der gleichen Basis. Es tat mir irgendwie Leid, weil ich ihn angelogen habe.

Aber so kam ich an ihn heran und er aus sich heraus. So etwas nennt man auch Win-Win Situation.

Im weiteren Verlauf machte wir dann noch ein paar weitere Übungen aus der Hypnose, um ihn da heran zu führen und um zu testen, was ich zu tun habe und welche Möglichkeiten er mir lässt.

Hannah

Ein paar Tage nach der Begegnung mit Hannah ging mein Telefon.

„Hallo Tobias, hier ist Hannah."

„Hallo Hannah. Woher hast du meine Nummer?"

„Steht auf deinem Auto und bei Google."

„Kleiner Stalker. Wie geht es dir?"

„Ja ganz gut. Hast du mal Zeit?"

„Zeit wofür?"

„Na für mich."

„Liegt dran, was du mit mir vor hast."

„Wir haben uns nett unterhalten. Ich habe schon lange nicht mehr so gut mit jemandem gesprochen."

„Ich fand es auch nett."

„Meine Therapeutin meinte, es wäre gut mal mit dir zu sprechen."

„Therapeutin? Was ist los? Wieso hast du eine und warum sprichst du mit ihr über mich?"

„Ich habe ein paar Probleme."

„Natürlich hast du die, sonst hättest du keine Therapeutin. Ich denke nicht, dass ich der richtige dafür bin und das ganze besser machen würde als sie."

„Doch irgendwie schon."

„Hör mal, Hannah. Ich darf das nicht. Wir können uns auf einen Kaffee treffen. Aber jegliche Form der Beratung ist ab hier tabu."

„Okay?! Aber sie meinte, wenn mir das Reden gut tut, solle ich das machen. Sie hat die Nummer auch notiert und wolle dich auch anrufen in den nächsten Tagen."

„Warum bist du in Therapie?"

„Depressionen, Border Line, Belastungsstörung."

„Ja schönen Dank auch. Ich bin kein Therapeut."

„Nee, habe ich ja schon auf deiner Homepage gelesen. Ich habe ja auch schon eine. Kannst du diese Woche noch?"

„Habe ich eine Wahl?"

„Eigentlich nicht."

Ganz Toll. Warum muss ich immer alle Menschen ansprechen!? Jetzt kann ich auch nicht sagen, ich rede nicht mit ihr. Aber so ein Krankheitsbild ist nicht meine Baustelle. Als Coach und ähnlichem habe ich gelernt, Menschen in Lebenskrisen zu helfen und beratend zur Seite zu stehen, aber therapieren kann und darf ich nicht. Außerdem will ich das auch gar nicht. Auf der anderen Seite kann ich niemanden wegschicken, der mit mir reden möchte. In einem Trauergespräch sagte mir eine Klientin mal, sie wünsche sich am allermeisten, dass sie morgens nicht mehr aufwachen würde. Bei solchen Aussagen besteht sicherlich Handlungsbedarf. Das würde aber auch das Verhältnis zum Klienten stark beeinflussen. Manchmal sicher eine schwere Entscheidung und eine Gratwanderung. Bei dieser Klientin hat es sich von alleine erledigt, da sie sich therapeutische Hilfe gesucht hat.

In diesem Sinne trafen wir uns schließlich in meinem Besprechungsraum.

„Hallo Hannah. Mal kurz vorab. Was ist mit deinem

Vater? Ist dieser Tod? Ich habe irgendwie den Eindruck, du hast mich angelogen."

„Ja, irgendwie schon."

„Wie kann man irgendwie tot sein?"

„Das ist kompliziert."

„Eigentlich nicht. Wenn jemand stirbt ist er tot. Stirbt er nicht, ist er auch nicht tot. Das hat die Natur recht klar geregelt."

„Bei mir ist das anders."

„Also geht es nicht um deinen Vater?"

„Natürlich nicht! Warum sollte es das?"

„So habe ich dich nun einmal kennengelernt. Das war Bestandteil unseres Gesprächs."

„Du bist darauf angesprungen und irgendwie wolltest du das ja auch hören. Bist das ja gewohnt. Aber das ist okay. So innerlich habe ich mit ihm abgeschlossen. Das kommt dem Tod doch gleich, oder?"

Ich war verwirrt. Sie hat mir das doch erzählt. Natürlich springe ich auf dieses Thema an. Ich bin Trauerbegleiter. Dazu gehört es hellhörig zu werden, wenn jemand vom Tod erzählt. Frauen können kompliziert sein. Mir war klar, dass ich das Gespräch selbst in Gang bringen musste um besser zu verstehen, was in ihr vorgeht.

„Ich möchte dir gerne eine kurze Geschichte von einem jungen Mann erzählen, der zu seinem weisen Meister ging und ihm voller Begeisterung seine Erlebnisse der letzten Zeit zu erzählen. Der junge Mann erzählte, wie er auf einen Mann traf, der in die

Zukunft sehen konnte.

Sein Meister unterbrach ihn und sagte, dass dies doch jeder könne und eigentlich nicht das besondere wäre. Es ist von viel größerer Bedeutung, die Gegenwart zu erkennen.

Weißt du Hannah? Ich glaube jeder von uns kann, wenn er bewusst und aufmerksam beobachtet, ein Stück weit in die Zukunft sehen. Ich glaube aber auch, dass das Erkennen der Gegenwart, mit all seinen Facetten, viel schwieriger sein kann. Sich mit der Gegenwart auseinander zu setzen kostet immer etwas Mut und Kraft. Es ist dadurch einfacher in der Vergangenheit zu leben und in die Zukunft zu blicken. Über das Vergangene kann man sich dann ärgern. Auf das Zukünftige kann man sich freuen, auch wenn man gar nicht weiß, ob es überhaupt passieren wird. Die Gegenwart bedeutet dann dagegen Konfrontation und eine Auseinandersetzung mit dem, was gerade passiert. Wir können die Schuld in der Vergangenheit suchen und alles was uns heute ausmacht darauf beziehen, was uns wiederfahren ist. Oder wir können uns den gegenwärtigen Moment zu Nutze machen und leben, glücklich sein und uns freuen dass wir hier sein dürfen.

Wie sieht deine Gegenwart aus?"

Hannah überlegte kurz und ich konnte an ihrer ganzen Körperhaltung sehen, dass sie über meine Worte nachdachte. Irgendetwas habe ich in ihr getroffen.

„In diesem Moment freue ich mich, dass ich dich

angerufen habe und ich wünschte, wir hätten uns eher getroffen."

„Deine Therapeutin ist nicht so ganz auf deiner Wellenlänge, oder?"

Hannah lachte spöttisch

„Nein. Eine alte Hexe, die nicht versteht was in mir vorgeht. Gibt sich keine Mühe und hinterfragt nichts."
„Sie wird ihre Gründe haben."

„Ja, Lustlosigkeit. Aber ich kann nicht einfach so wechseln. Sie hat mich noch nie gefragt, wie ich mich fühle und was in mir vorgeht. Irgendwie rattert sie ihr Lehrbuch ab."

„Hättest du ihr erzählt wie du dich fühlst?
„Weiß nicht."

„Dann sag mir jetzt, wie du dich fühlst. Jetzt in diesem Moment. Nicht heute Morgen und nicht vor dem schlafen gehen. Genau jetzt in deinem nächsten Atemzug."

„Ich fühle mich gut und wohl aufgehoben. Ich bin dankbar hier sein zu können."

„Zeig es mir mit einem Lächeln."

Hannah lächelte schwerfällig aber zufrieden.

„Kannst du dieses Lächeln einen Moment halten, Hannah?"

„Ich denke schon. Wofür?"

„Na für dich natürlich. Ich möchte, dass du merkst wie du lächelst. Ich möchte, dass du dich vor den Spiegel stellst und dich dabei beobachtest. Du siehst viel hübscher aus gerade."

71

„Danke. Hat mir noch niemand gesagt."
„Wahrscheinlich, weil du noch niemanden so schön angelächelt hast."

Hannah stand vor dem Spiegel und gefiel sich recht gut. Auch wenn es früh war, so hatte ich das Gefühl eine Übung aus der Meditation mit ihr zu machen. Mit unserem Gespräch war ich längst in einer Grauzone, da kam es darauf nicht an.

„Setz dich bitte Hannah. Du musst das Grinsen nicht künstlich aufrecht halten. Bleib ganz natürlich. Ich möchte mit dir eine Meditation machen.

Nennen wir sie:

Glücklich in 3 Atemzügen.
Sie funktioniert folgendermaßen.

Bitte schließe die Augen

Sitze ruhig und klar; entspanne dich und folge deiner Atmung

Atme tief ein und schenke deinem Körper Ruhe; Atme lang aus und lass die Ruhe deinen Körper durchströmen

Atme tief ein, und lächle im inneren deines Herzens; Atme lang aus und lass die Zufriedenheit wirken

Atme tief ein und bleibe entspannt; Atme lang aus und verweile in diesem Moment

Immer, wenn es dir nicht gut geht oder wenn du

niedergeschlagen bist, machst du bitte diese Übung. Sie soll dir ein Lächeln ins Gesicht zaubern und deine Stimmung aufhellen. Ich möchte, dass du nie wieder von deiner schlechten Stimmung runtergezogen wirst."

Hannah und ich verabschiedeten uns und sie lächelte, als sie das Haus verließ. Zum Abschied sagte sie lächelnd:
„Du könntest auch mal mehr lächeln. Schaust immer so grimmig."

Ahja. Herzlichen Dank. Das Spiegeln hat dann wohl funktioniert.
Eigentlich habe ich nur versucht ihre Mimik zu übernehmen und Einfluss auf sie zu nehmen. Das gehört auch zur Beratung. Ein Einstimmen auf das Verhalten des Klienten.
Ich begann zu meditieren.

Die schweigende Witwe

2 Wochen später sagte sie mir im neuen Gespräch, dass es sie sehr gefreut habe, nicht die ganze Zeit reden zu müssen. Alle aus der Familie und im Freundeskreis würden sie dahingehend bedrängen. Dabei wollte sie einfach nur nicht alleine sein.

"Ist diese Welt nicht verrückt? Ich muss jemanden dafür bezahlen, dass er nicht mit mir redet."
"Wir müssen nicht reden. Aber wenn Sie noch etwas von dem Tee haben, können wir gerne welchen machen."

Sie gab mir wieder zu verstehen, dass sie nicht reden will. Somit wollte ich dieses Verhalten von ihren Familienmitgliedern nicht rechtfertigen. Es wäre zu viel des Gesprächs gewesen. Die folgende Stunde war wieder sehr ruhig. Aber sie lächelte unentwegt. Die Ruhe war ein Geschenk für sie. Zum Ende sagte sie:

"Sie müssen los. Die Zeit ist um. Ich habe Ihnen eine Packung Tee von dem gekauft, den Sie so gerne mögen. Dazu schmecken die Zimtschnecken sehr gut. Die hat leider mein Enkel gefuttert. Danke für Ihre Anwesenheit. Mehr wollte ich von Ihnen nicht. Ich brauche sie nicht mehr, denn auch meine Zeit ist bald um.

Sie machte mir fast etwas Angst mit dieser Aussage.

„Aber erst einmal treffen wir uns in 14 Tagen und bis dahin fassen Sie sich ein Herz und reden dann mit mir. Nur ein bisschen. Ich bin doch eigentlich ein neugieriger Mensch. Allerdings bevorzuge ich das Wort ´interessiert´. Können wir uns darauf einigen?"
„Schauen wir mal. Tschüss."
„Bis dann."

Frau Breinert

Im zweiten Gespräch begann Frau Breinert damit, mir zu erzählen, wie ihre Freundin auf das Gespräch reagiert hat. Eigentlich sollte sie mit niemandem darüber sprechen, weil ich damit bezwecken wollte, dass sie selbst darüber nachdenkt, zu einer eigenen Lösung findet und nicht von außen beeinflusst wird. Gerade Freunde neigen dazu, entweder die eigene Meinung einfließen zu lassen und somit Einfluss zu nehmen und auf der anderen Seite kann nichts von dem wirken, wenn man keine Zeit zum wirken lässt. Da war ich wohl undeutlich oder sie hat mich nicht ernst genommen.

„Meine Freundin findet es gut, dass ich neulich bei Ihnen war."

„Das hoffe ich doch. Es ist Ihre Freundin. Es ist ihre Aufgabe, Sie zu unterstützen. Auf jede erdenkliche Art und Weise."

„Richtig geholfen hat sie mir aber auch nie. Sie ist zwar immer da, aber ich habe mit Ihnen letztes Mal mehr bewegen können."

„Die Aufgabe von Freunden ist doch eigentlich, da zu sein, wenn man jemanden braucht. Freunde sind nicht dazu da, Probleme zu lösen. Sie können nur zur Seite stehen."

„Ein guter Rat würde ab und an nicht schaden. Das hätte vieles erleichtert."

„Ein persönlicher Rat ist immer auch eine persönliche Meinung. Wenn jemand sagt ‚Tu dies oder tu das' sagt er auch nur das, was er für richtig hält oder was ihm in einer ähnlichen Situation geholfen hat. Darum versuche ich auch nur selten einen Rat zu geben, sondern einen Weg mit Ihnen zu erörtern."

„Ich finde eine Freundin muss wissen, was gut für den anderen ist."

„Ich möchte Ihnen gerne etwas erzählen. Vor einigen Wochen rief mich ein Freund an. Emotional aufgelöst, verärgert und unruhig. Er habe Streit mit seiner Frau und wisse nicht einmal warum. Ich besuchte ihn sofort, als Freund und nicht als Berater. Wir setzten uns und tranken zusammen ein Bier. Gesprochen haben wir nicht so übermäßig viel. Aber wir einigten uns darauf, dass seine Frau schwierig ist und man sie einfach nicht verstehen kann. Dies gälte übrigens für alle Frauen, weil alle Frauen irgendwie doof sind. Nur die Wortwahl war anders. Da wir keine Einigung finden konnten, außer dass Frauen irgendwie doof sind, fuhr ich nach Hause. Er war nicht allein diesen Abend und hatte jemanden, der seine Frau auch nicht mochte. Auf dem Weg nach Hause rief ich dann aber seine Frau an und erklärte ihr, wie schlecht es ihm geht und dass sie nach Hause fahren solle. Er rief mich tags drauf an:

,Hey, sie ist wieder da. Ich sagte doch, die ist komisch.'

,Ja finde ich auch. Egal. Was ist morgen mit Fußball? Möchtest du lieber zu Hause bleiben?'

,Ach Quatsch. Hier ist alles tutti. Bis Morgen. Peter hat Bier geholt.'

Was habe ich getan? Ich war da, wo er mich brauchte und habe mich seiner Meinung angeschlossen. Mehr war nicht nötig. Die beiden haben sich vertragen. Ist doch alles gut. Ich hätte ihn lang und ausgiebig beraten können. Aber wofür? Deren Problem hätte ich bestimmt nicht lösen können. Die Frau ist ja schließlich doof. Er ist perfekt. Eine schwierige Konstellation.

Hat Ihre Freundin bei Ihnen gesessen?"

„Ja, immer wenn ich sie gerufen habe. Manchmal auch einfach so. Manchmal war es aber schon etwas nervig."

„Gute Freundin, oder?! Freunde sind da, wenn wir sie brauchen. Sie passen auf uns auf, wenn wir drohen im Sturm zu versinken. Sie passen auf, dass wir genug essen und trinken, obwohl wir das nicht wollen. Sie passen auf, dass die alltäglichen Dinge laufen, ohne dass wir selbst etwas machen müssen. Sie übernehmen ein paar Erledigungen und machen Besorgungen. Sie sind wie die kleinen Helfer und Heinzelmännchen im Hintergrund, die erst dann wieder verschwinden, sobald es auch anders geht. Und wenn sie nur eine Suppe vor die Tür stellen oder sich neben uns setzen und ihr eigenes Buch lesen. Freunde sind da. Auf welche Art auch immer."

„Meine war immer da. Zumindest physisch. Wenn ich so drüber nachdenke, hat sie sehr viel gemacht. Kühlschrank war immer voll."

Frau Breinert lachte mit diesem Satz. Gleichzeitig wurde ihr aber auch bewusst, dass sie ihrer Freundin Unrecht getan hat. In ihrem ganzen Leid hat sie nicht erkannt, wer ihr zur Seite gestanden ist.

„Ich glaube ich muss was gut machen heute Abend."
„Hier gegenüber ist ein Supermarkt. Kaufen Sie eine Flasche Wein und eine Packung Merci. Die können Sie sich gemeinsam teilen. Sagen Sie ihr nichts. Sie wird es verstehen. Mein Freund hat auch verstanden was ich wollte, ohne dass wir gesprochen haben. Er weiß genau, dass ich mit seiner Frau telefoniert habe. Aber gesagt hat er es nie."
„Ich ärgere mich gerade über mein Verhalten. Frauen sind wirklich doof manchmal."
„Je nach Sichtweise. Was soll ich Ihnen da jetzt drauf sagen?"

Wir lachten beide und sie bedankte sich bei mir.
Im weiteren Verlauf des Gesprächs sprachen wir über die Bindung zu ihrer Freundin und wie wichtig diese für sie ist.
Freunde können einer der wichtigsten Anker im Leben sein. Sich darauf einzulassen ist ein Zeichen von großem Vertrauen. Beim Vertrauen geben wir anderen Menschen die Macht, uns zu helfen oder auch uns zu verletzen. Doch Vertrauen heißt auch zu wissen, dass diese Menschen die Macht nicht gegen uns ausnutzen werden.

Ich weiß noch immer nicht, was mit ihrem Mann passiert ist.

Frau Breinert schickte mir abends ein Foto von sich und ihrer Freundin. Gemeinsam auf dem Sofa mit einem Glas Wein und 2 leeren Flaschen auf dem Tisch. Die beiden waren glücklich. Das Leben ist doch so schön. Ich lachte auch, denn das Foto berührte mich etwas.

Martin Dechelmann

Herr Dechelmann kam zu mir. Ein Weg entsteht schließlich erst dann, wenn man beginnt ihn zu gehen. Forsch und kühl lehnte er einen Kaffee ab und begann sofort zu reden. Ausgesagt hat er allerdings nichts. Ich wusste gar nicht, dass jemand so lange reden kann ohne dabei etwas Konkretes auszusagen.

„So. Ich sage Ihnen jetzt erstmal wie das hier läuft.", schnauzte er mich an.

„Sie wollen mir also sagen was Sache ist?"

„Einer muss ja den Weg vorgeben und ich nehme meinen Weg."

„Glauben Sie, dass das der richtige Weg für Sie ist?"

„Wollen Sie jetzt sagen, dass ich nicht weiß, was gut für mich ist und was im Leben Phase ist?"

„Ich sage nur eines. Ihr Weg hat Sie zu mir geführt. Also hat Ihr bisheriger Weg für Sie nicht unbedingt richtig funktioniert. Da kann man schon mal drüber nachdenken und in Betracht ziehen, dass es auch noch andere Wege gibt, die Sie vielleicht noch gar nicht auf dem Schirm haben. Würden Sie dies tun, wüssten Sie selbst was Phase ist und wären nicht hier bei mir."

„Mmmh. Was soll das denn jetzt. Ich stehe doch nicht auf der Leitung. Ich sehe doch, was im Leben so alles passiert und was ich zu tun habe."

„Warum sind Sie dann zu mir gekommen?"

Er wurde immer unverschämter. Doch es war ihm anzusehen, dass das nicht persönlich war. Dieser Mann war verletzt, traurig, wütend. Er hatte wenig Hoffnung und hatte viel Kraft verloren.

„Herr Dechelmann. Ich sage Ihnen jetzt, was Phase ist. Und das mache ich nur ein einziges Mal. Sie sind zu mir gekommen. Also bestimme ich ab jetzt die Spielregeln. Da Sie nicht wissen, was zu tun ist, werde ich mit Ihnen Wege erörtern. Auf meine Weise, nicht auf Ihre. Wir fangen beim Tonfall an, denn dieser gefällt mir hier überhaupt nicht.
Dann arbeiten wir an Ihrer gesamten Verkabelung und verlegen Ihre persönliche Phase neu. Dazu werden wir alle Leitungen kappen und die nötigen Verbindungen erneuern. Gefällt Ihnen das nicht, wünsche ich Ihnen noch einen schönen Tag."

Er war etwas erstaunt. Aber er hat sofort verstanden, was ich von ihm wollte.

„Wie lange dauert das?"
„Die Verkabelung? Eine Stunde. Die Phase länger."

Ich habe ihm erklärt, was ich mit den Kabeln meine.

„Wir erarbeiten innerhalb der ersten Stunde heute, Ihre eigentlichen Anliegen. Dafür spalten wir die Themen auf und schauen was wichtig sein könnte und was vielleicht auch Zeit hat. Mit dieser neuen

Verkabelung erarbeiten wir, in den nächsten Wochen, den richtigen Ort für Ihre Phase."

„Eine Stunde?"

„Für die Themen. Nicht für die Lösung."

„Jaja. Das habe ich wohl verstanden. Sie entscheiden?"

„In Ansätzen. Wenn Sie sich verlaufen."

„Gut. Dann haben wir ja alles geklärt. Oder?"

„Naja. Honorar?!"

„Kriegen wir schon hin."

Wir sprachen für den Rest der Stunde sehr nett miteinander. Mein Hauptanliegen war die Offenlegung seiner vermeintlichen Probleme und die daraus resultierenden Folgen. Es ging nicht darum, eine Lösung zu finden. Ich wollte schlicht wissen, was ihn belastet und woher dies kommt. Somit konnte ich die Emotionen den einzelnen Ereignissen zuordnen. Das war z. B. Trauer zum Tod der Ehefrau; der Zorn und die Wut passte gut zur Firma durch Mobbing etc.; Enttäuschung gehört zur Familie.

Das hat mich zwar nur leicht weiter gebracht, aber er hat einsehen können, dass nicht alles miteinander verbunden ist, sondern einzeln bearbeitet und gelöst werden kann.

Das ist eines der großen Probleme innerhalb eines Problems. Nicht alles, was nach einem Problem aussieht, ist auch wirklich eines. Wenn man erst damit begonnen hat, die Probleme und Anliegen aufzuteilen und klar und deutlich, in den eigenen Worten des Klienten, zu benennen, lösen sich so manche Dinge von selbst auf oder verlieren an Bedeutung.

Das 3. Gespräch

Das 3. Gespräch trennt sehr klar die Spreu vom Weizen. Sehr häufig kommt es gar nicht erst zu einem 3. Gespräch. Die Gründe sind auch hier vielseitig. Zum einen können 2 Gespräche auch sehr viel in einem Menschen bewegen. Für viele Klienten reicht das dann schon aus. Manche haben kein Geld für weitere Beratungen, mögen das aber nicht sagen. Andere wiederum haben erkannt, dass sie sich aus Ihrer Komfortzone heraus bewegen müssen und dass ständiges meckern sie nicht weiter bringt.

Dann gibt es noch die Möglichkeit, dass die Beratung nicht gut verlaufen ist.

Technisch, zwischenmenschlich oder wie auch immer. Natürlich liegt das nicht an mir, denn meine Beratung ist die Beste.

Was auch immer aber Menschen dazu bewegt, eine Beratung fortzuführen oder zu beenden, es sollte immer gut überlegt sein, denn jede Entscheidung hat ihre Folgen.

Ich habe mich, nach verschiedensten Ausbildungen, entgegen der gelehrten Ansicht entschieden, eine Beratung müsse langfristig und aus wirtschaftlichen Gründen geplant werden. In der Praxis habe ich lernen dürfen, dass viele Klienten so etwas nicht wollen und über kurz oder lang sich nicht mehr melden. Das Problem ist zu dem Zeitpunkt nur unzureichend besprochen. Außerdem halte ich ein

Denken mit reiner Profitabsicht für moralisch verwerflich.

Diese Einsicht hat mich dazu geführt, dass ich recht schnell zum Thema komme und keine Zeit verliere. Meine Klienten merken schnell, worum es geht und wo es hingehen soll. Zuviel Druck aufbauen darf ich natürlich nicht, denn wegen dem Druck sind die meisten schließlich in die Beratung gekommen.

Ab dem 3. Gespräch wissen aber meine Klienten und auch ich, wie die Zukunft der geplanten Beratung aussieht.

Frau Gehlmann

Auf einem Samstag, einige Wochen später rief mich Frau Gehlmann völlig aufgebracht und unter Tränen an. Sie war kaum zu verstehen und ich musste versuchen, sie am Telefon zu beruhigen. Was manchmal gar nicht so einfach ist. Ich bevorzuge da den persönlichen Kontakt. Aber das Leben ist kein Wunschkonzert und genau das hat Frau Gehlmann gerade auch zu spüren bekommen.

„Was ist denn passiert? So kenne ich sie ja gar nicht."
„Ich wollte eine Radtour machen. Keiner will mit. Die blöden Weiber die."
„Welche blöden Weiber?"
„Na von meinem Stammtisch zum Beispiel."
„Die haben Sie doch abserviert."
„Ja natürlich habe ich das."
„Warum sollten die dann jetzt mit Ihnen Fahrrad fahren?"
„Soll ich etwa alleine fahren?"
„Nein. Aber dass die jetzt nicht wollen, kann ich verstehen."
„Wieso stehen Sie jetzt auf deren Seite?"
„Ich stehe auf keiner Seite. Sie haben allen gesagt, dass Sie keinen Kontakt mehr wollen. Jetzt kommen Sie und wollen mit denen weg, nur weil Sie niemanden anderes dafür haben. Das geht so nicht, Frau Gehlmann. Das wissen Sie genauso gut wie ich."
„Son Mist."
„Sie wollten doch neue Kontakte finden."

„Das ist gar nicht so einfach in meinem Alter."

„Nicht nur in Ihrem Alter. Was glauben Sie, warum die sozialen Netzwerke und Kontaktbörsen im Internet so erfolgreich sind?"

„Früher sind wir einfach in irgendeine Bar gegangen. Da bekam man immer Kontakt."

„Die Zeiten ändern sich leider."

„Und wer fährt jetzt mit mir Fahrrad?"

„Das weiß ich nicht. Ich auf jeden Fall nicht."

„Würde Ihnen aber gut tun."

„Ja, das würde es. Fragen Sie Ihre Kinder. Oder Ihren Enkel. Der freut sich bestimmt."

„Dann komme ich ja gar nicht von der Stelle."

„Dann bleibt Ihnen für heute nur, alleine zu fahren. Hier an der Ems ist es recht schön. Ist auch gut ausgeschildert. Kaffeehäuser gibt es dort auch."

„Ich melde mich wieder."

„Gute Fahrt."

Manchmal frage ich mich, was in den Menschen so vorgeht. Wenn es nicht so traurig gewesen wäre und sie mir nicht so leid getan hätte, hätte ich mich amüsiert. Frau Gehlmann hat leidvoll erfahren, was es heißt, die Konsequenzen für ihre Entscheidungen tragen zu müssen. Das, was sie so belastet hat, ließ sie weit hinter sich. Jetzt wird dies leider zur größten Herausforderung in ihrem Leben.

Ich persönlich entscheide wichtige Dinge meistens recht schnell aus dem Bauch heraus. Aber dieses schnelle entscheiden kann Probleme mit sich bringen. Mit diesen Konsequenzen muss ich dann leben. Das neue Leben ist dann aber nicht unbedingt so, wie ich es mir erhofft habe. Dies gilt für alle Menschen, die Entscheidungen treffen müssen. Jede Entscheidung sollte ausgewogen und wohl überlegt sein.

Herr Brand

Wir vereinbarten keinen neuen Termin. Für mich ist das okay, wobei ich gerne mit ihm gearbeitet hätte. Nicht des Geldes wegen. Es ging mir um seine Einstellung zum Leben. Eine Einstellung, die leider sehr viele Menschen teilen, die gerade in der finanziel- und sozialschwachen Bevölkerungsschicht häufig anzutreffen ist. Es ist natürlich meine Meinung, aber ich denke, dass viele Menschen durch eine Änderung des Gedankenguts auch ihr Leben ändern können. Ich würde sogar sagen, dass viele davon, nur durch dieses Gedankengut in die Situation geraten sind. Natürlich längst nicht alle. Nur ein Teil, wie beispielsweise Herr Brand. Ich schickte der Form nach meine Rechnung. Geld hatte ich ja schon. Dann bekam ich einen Brief von ihm.

Er betonte direkt zu Beginn, dass er mir lieber schreibt, als mit mir zu sprechen. Da könne ich ihm nicht widersprechen oder auf ihn einwirken. Ich musste lachen. Wieso schreibt er mir denn dann, wenn er doch keine Antwort möchte. Das Gespräch schien aber etwas bewirkt zu haben.
Herr Brand hat sich beworben und machte ein Fernstudium. Desweiteren besucht er regelmäßig diverse Seminare in alle Richtungen.
Mittlerweile regt er sich über Menschen auf, die sich über andere Menschen aufregen und meckern. Was für ein Widerspruch. Aber insgesamt war es nett und gut und er ist auf einem schönen Weg. Mich hat das

sehr gefreut. Ich höre leider nur sehr selten, wie es im Leben weiter ergangen ist. Nur die wenigsten melden sich überhaupt wieder. Was allerdings auch in Ordnung ist und für mich durchaus nachvollziehbar. Ich würde das auch nicht anders machen.

Leider durfte ich Herrn Brand nicht antworten.

Günther

„Sagen Sie mal, Sie sind doch auch ein richtiger Hypnotiseur. Oder?"

„Ja. Genau. Warum? Gibt es auch falsche?"

„Was ist mit Rauchentwöhnung?"

„Das biete ich an. Ja. Für wen? Sie rauchen doch gar nicht."

„Meine Tochter raucht wie ein Schlot. Die stinkt wie ein Duisburger Kohlekraftwerk."

„Naja. So schlimm wird es nicht sein."

„Sie können sich gerne mal mit ihr treffen. Aber fahren Sie nicht zu ihr nach Hause. Das kriegt keine Reinigung wieder raus."

„Sie soll sich melden, wenn sie das wirklich möchte. Sonst bringt das nichts."

„Können Sie das nicht einfach so machen. Haben Sie doch bei mir auch gemacht mit der doofen Kette."

„Das ist doch etwas anderes. Wenn Ihre Tochter sagt, sie möchte aufhören, kann sie mich anrufen. Ich helfe ihr gerne dabei."

„Da können Sie lange warten. Die ruft sie doch nicht an."

„Dann raucht sie weiter. Tut mir Leid. Wie war die Zeit für Sie, nach unserem letzten Gespräch?"

Ich kann niemandem das Rauchen abgewöhnen, wenn derjenige das nicht will. Somit war das Gespräch überflüssig und er brauchte auch nicht meinen, sich durch ein Gespräch über die Tochter, an seinem eigenen Anliegen vorbeizukommen. Es war ein Versuch, sich selbst zu drücken. Wir redeten über die letzten 2 Wochen und über das, was er aus dem letzten Gespräch mitgenommen hatte.

„Wir gehen heute ein Stück weiter, Günther. Die Hypnose haben Sie ja schon etwas kennengelernt. Ich möchte heute mit Ihnen an einer Methode arbeiten, die Ihnen helfen soll, einen traurigen Moment in einen schönen zu verwandeln. Ist das in Ordnung?"
„Na klar. Das ist jetzt Hypnose, oder?"
„Nein. Ist es nicht. Geduld bitte.
Bitte setzen Sie sich aufrecht auf die Stuhlkante. Die Beine parallel zu einander und die Hände auf die Knie. Handflächen nach unten. Sind Sie entspannt?"
„Ja."
„Schließen Sie die Augen und atmen Sie gleichmäßig weiter. Sonst nichts. Ganz entspannt."

Nach 2 Minuten bat ich ihn die Augen zu öffnen.

„Was haben Sie gesehen?"
„Nichts. Die Augen waren doch geschlossen."
„Und vor dem inneren Auge?"
„Damit kann ich nichts sehen."
„Möchten Sie das lernen? Es kann Ihnen ganz neue Horizonte eröffnen."
„Ja, das möchte ich lernen."
„Gut. Schließen Sie die Augen wieder. Bitte denken Sie an einen schönen Moment mit Ihrer Frau. Irgendeinen Moment. Ganz egal welcher. Wenn Sie einen Gedanken haben, nicken Sie bitte kurz. Sehr

gut. Versuchen Sie diesen Gedanken voll zu erleben. Mit all seinen Eindrücken, Gefühlen und Emotionen. Wie fühlt es sich an? Ist es warm? Ist es kalt? Wie ist die Luft? Wie riecht Ihre Frau? Was hat Sie an? Was haben Sie an? Achten Sie auf jedes Detail."

Günther lächelte leicht zufrieden. Dann floss eine Träne. Genau hier bat ich ihn seine Augen zu öffnen.

„Wie geht es Ihnen, Günther?"

Es dauerte kurz, doch dann antwortete er.

„Schön. Wie geht das?"
„Das ist Ihr Kopf, der Ihnen das geschenkt hat."
„Möchten Sie wissen, was ich erinnert habe?"
„Nein. Das ist Ihre persönliche Erinnerung. Ihr Moment. Genießen Sie ihn."
Ich machte ihm eine Flasche Wasser auf und ließ ihn einen Moment in Ruhe. Es hat besser geklappt, als ich es gedacht habe. Eigentlich wollte ich das ja langsam aufbauen. Doch dann lächelte er, dann weinte er. Nach dem Öffnen der Augen, lächelte er wieder. Was brauchen wir denn bitte mehr?
„Wie hilft mir das denn jetzt weiter?", wollte Günther wissen.
„Das entscheiden Sie selbst. Sie haben soeben einen kostbaren Moment mit Ihrer Frau noch einmal erlebt. Ist das nichts wert?"
„Oh doch."
„Denken Sie kurz nach und schildern Sie mir bitte

ein markantes Detail aus dieser Erinnerung. Nur eines und dieses Detail schildern Sie mir ausführlich. Nur dieses eine Detail. Ganz egal was es ist."

Günther schloss noch einmal die Augen. Kurz darauf sagte er spontan mit dem Öffnen der Augen:
„Eine Blume."
„Ihr Detail ist eine Blume?"
„Ja genau. Eine Blume."
„Nicht Ihre Frau. Ein Parfum. Ein schönes Kleid oder irgendwas. Es ist eine Blume?!"
„Ja man. Eine Blume."

Eigentlich ein schönes Detail. Ein anderer Klient schilderte mir mal den Putzmittelschrank. Jedem das Seine. Ich fand die Idee mit der Blume ganz toll und sie spielte mir, in dem Moment, eigentlich genau in die Hände.
Wir sprachen ein paar Minuten ausführlich über die Blume. Das Aussehen, den Geruch, die Haptik, die Sorte an sich und die Bedeutung der Blume für seine Frau. Es war enorm faszinierend, wie genau er die Blume schilderte und dass diese Blume so viel in ihm bewegt hat.

Ich bat ihn zum Abschluss des Gesprächs noch einmal in die bekannte Sitzposition und die Augen zu schließen.

„Ich möchte Sie bitten, jetzt ganz genau an diese

Blume zu denken. Blenden Sie alles andere um sie herum aus.
Nur diese Blume mit all ihren Schönheiten."

Günther lächelte zufrieden. Wir verabschiedeten uns und ich sagte ihm, er solle sich, immer wenn er traurig ist, hinsetzen und diese Blume visualisieren. Dies könne ihm helfen, nicht mehr traurig zu sein.

Hannah

Sehr unerwartet klingelte eines Abends die Türklingel bei mir zu Hause. Hannah!

„Was machst du denn hier? Woher hast du meine private Anschrift?"

Ich stand barfuß an der Wohnungstür in Jogginghose und T-Shirt. Meine persönliche Feierabendkleidung.

„Das ist doch egal, Tobi. Ich habe meine Quellen. Hauptsache ich bin hier."

„Das sehe ich gerade etwas anders, liebe Hannah. Du kannst hier nicht einfach bei mir auftauchen. Was willst du hier? Hast du keine Freunde? Besuchst du deine Therapeutin auch privat?"

„Um Gottes Willen. Nein."

„Ach, und bei mir ist das okay? Komm rein. Müssen wir ja nicht im Treppenhaus besprechen."

„Ich habe mein Lächeln verloren."

„Deswegen bist du hier?!"

„Ja. Gib es mir wieder."

„Du bist ja knuffig. Als ob ich dir das weggenommen hätte und außerdem kann ich doch nicht zaubern. Nur weil das letztes Mal gut geklappt hat. Du tust ja so, als ob ich dafür verantwortlich wäre."

„Zu Hause geht das nicht."

„Dann wird es aber auch Morgen nicht gehen, wenn du wieder zu Hause bist."

„Dann mach was anderes."

„Wie bitte? Ganz ehrlich Hannah. Ich habe mich

weit aus dem Fenster gelehnt und komme in Teufelsküche. Weißt du eigentlich wie alt du bist?"
„Natürlich weiß ich, wie alt ich bin."
„Das ist ja schön. Du bist auf jeden Fall nicht volljährig und sitzt hier bei mir. Das ist nicht gut."
„Keine Angst. Ich will nichts von dir."
„Da bin ich ja beruhigt. Ich rufe deine Eltern an. Gib mir bitte deine Nummer."
„Letztes Mal hast du auch nicht nach meinem Alter gefragt."
„Dafür gab es Gründe. Das weißt du genau."

Hannah forderte mir viel ab. Das Problem ist eigentlich, dass sie minderjährig ist, sich in Therapie befindet und ihre Eltern nicht wissen, wo sie ist und dass sie überhaupt mit mir spricht. Das sind ein paar Punkte zu viel, die gegen unser Zusammentreffen sprechen. Doch sie begann, mir weinend von den Verhältnissen zu Hause zu erzählen. Alkohol und Gewalt waren, wie sie sagte, an der Tagesordnung. Das muss ich ja auch erst einmal glauben. Es gibt keinen Grund dies nicht zu tun. Ich kannte das persönlich auch von meinem Elternhaus. Aber gerade das, gefiel mir gar nicht und somit rief ich niemanden an.
Die Nummer gab sie mir natürlich nicht.
Wir sprachen eine Zeitlang darüber und über ihr Leben.

„Ich will doch nur glücklich sein.", sagte Hannah.
„Ich kann dein Leben nicht ändern. Aber vielleicht

kann ich dir etwas mit auf den Weg geben. Bei mir war auch vieles im Leben nicht gut und ich musste meine eigenen Techniken entwickeln, um damit klar zu kommen."

Eine Flucht ins tiefe innere ihrer Seele hielt ich für falsch. Aber sie brauchte dringend einen Ort, an dem sie Zufriedenheit erfahren konnte. Mir kam der sogenannte sichere Ort aus der Psychologie in den Kopf. Davon gibt es verschiedene Formen. In der Trauer nutze ich diesen häufig und auch im Coaching ist dieser in anderen, leicht abgewandelten Form nützlich.

Aus der Hypnose gibt es viele Techniken, die so etwas unterstützen. Sie kam zu mir, weil sie lächeln wollte. Ich brauchte also eine Methode, um dieses zu erzeugen.

„Hannah. Ich möchte etwas machen. Das ist keine Hypnose, aber ein Weg in diese Richtung. Dauert nur ganz kurz. Ist das Okay?"

„Klar. Wenn es hilft."

„Wir werden sehen."

Setze dich bitte aufrecht

Die Füße parallel

Hände auf die Oberschenkel

Jetzt atme bitte ein oder zwei Mal gleichmäßig

und schließe dann die Augen

Ich möchte, dass du dir eine Blume vorstellst

Ganz egal welche

Achte auf alle Einzelheiten

Sehr gut

Jetzt öffne die Augen

„Wie, das war es schon?"
„Erst einmal ja. Welche Blume hast du gesehen? Wie sah sie genau aus? Wie hat sie gerochen?"

Zu dieser Übung gehört es, diese Blume zu beschreiben. Dazu gehören einige Fragen, die das ‚erlebte' zu beschreiben helfen. Bei Hannah klappte das wunderbar. Eigentlich klappt dies bei fast allen Menschen ganz gut und kann hervorragend als Vorübung zur Hypnose genutzt werden.
Hannah hat dies als sehr schön empfunden.

„So pass auf Hannah. Jetzt gehen wir einen Schritt weiter. Ist das in Ordnung?"
„Ja. Wenn es genau so gut ist."

„Besser noch. Nimm bitte wieder deine gemütliche Position von gerade ein.

Aufrecht, Füße parallel

Gleichmäßig atmen

Augen zu

Jetzt möchte ich, dass du dir eine Wiese vorstellst

Irgendeine Wiese, ganz egal welche, ganz egal wo, ganz egal wann

Schaue dich um und versuch alles wahrzunehmen was dort ist

Wie riecht es dort?

Wie ist das Gras?

Ist deine Blume auch dort?

Genieße den Moment auf der Wiese

Ich zähle nun bis 3 und bei 3 wirst du deine Aufmerksamkeit wieder in diesen Raum lenken

1 - tief einatmen und entspannen

2 – Verlasse nun die Wiese

3 – Öffne deine Augen und du bist wieder klar hier zurück im Raum

„Wie geht es dir Hannah? Was hast du erlebt?"

Hannah war sichtlich zufrieden und sie erzählte von ihrer Wiese. Ausgiebig und mit viel Fantasie. Ich wünschte manchmal, ich hätte so eine Fantasie, wie Menschen in dem Alter.
Ich habe sie mit diesem Gefühl nach Hause geschickt. Mir war bewusst, dass wir keinen Termin vereinbaren mussten. Sie kommt auch so. Selbst, wenn ich es nicht gewollt hätte.

Die schweigende Witwe

Die Familie der Dame meldete sich einige Zeit später. Die Dame ist verstorben.

Im Bestattungsgespräch gab mir die Familie eine kleine Tüte. Darin verpackt war eine Packung Tee, Zimtschnecken und eine kleine Karte. "DANKE!" stand drauf. Mehr nicht.
Ein Geschenk der Dame an mich.

Ein Trauergespräch in Bezug auf eine Bestattung kann emotional und auch menschlich alles aufweisen, was man sich vorstellen kann. Formen der Trauer sind so vielfältig und so zahlreich wie die Menschen selbst. Aber bei der Planung einer Bestattung geht es natürlich auch sehr viel um Organisation und Verwaltung. Die Dinge müssen geregelt werden. Da sind die meisten Themen oftmals sehr sachlich.
Mit den Angehörigen meiner schweigsamen Kundin ging es um vieles mehr, als um die Bestattung. Die Familie hatte eine Haltung, die von Vorwürfen und Fragen getragen wurde. Sie forderten, ohne es zu sagen, eine Erklärung. Eine Erklärung für dieses besagte Geschenk und für den Umstand, dass ich die Dame überhaupt gekannt habe. Die Familie wusste nichts davon. Eigentlich bin ich der Meinung, dass es sie auch nichts angeht. Das ist eine Sache zwischen mir und der Kundin. So ganz an einer Erläuterung kam ich dann aber doch nicht vorbei.

Wie kommt man am besten durch schwierige Gespräche? Durch Floskeln und Nettigkeiten. Somit versuchte ich mein Glück. Lange Umwege im Gespräch führen nur dazu, sich zu verlaufen.

„Ich habe Ihre Mutter als eine äußerst nette und sympathische Dame kennengelernt. Es verletzt mich zutiefst, sie jetzt beerdigen zu müssen. Wie geht es Ihnen zur Zeit damit? Wie haben Sie die letzten Tage empfunden?"
Mir wurde etwas kribbelig und ich wusste nicht, was jetzt kommen würde. Die Dame hat ihre Familie bei mir leider nicht so rosig da stehen lassen.

„Danke.", sagte der Sohn. „Es hat uns sehr getroffen. Mit Mamas Tod hat keiner gerechnet."

Ich musste an die Verabschiedung denken, in der sie mir sagte, ihre Zeit wäre bald um. Sie schien es zu wissen. Vielleicht hat sie versucht, dies ihrer Familie auch mitzuteilen. Aber wie sie selbst gesagt hat, haben diese ihre Bedürfnisse nie respektiert. Kurzzeitig habe ich überlegt, das Gespräch dahingehend zu lenken. Jedoch steht mir das nicht zu. Somit kamen wir schnell zum Tagesordnungspunkt.
Die Beerdigung.
Knapp 2 Stunden später waren wir fertig. Alles war gut und ich wusste, was ich zu tun habe. Da beugte sich der Sohn nach vorne.
„Wir waren noch nicht fertig. Was waren das für Gespräche zwischen Ihnen und meiner Mutter?"

„Gar keine. Wir haben nicht viel gesprochen."

„Verarschen Sie mich gerade?"

„Äh, Nein. Hören Sie bitte. Ihre Mutter hat mich angerufen mit dem Wunsch zur Trauerbegleitung. Somit fuhr ich dahin. Wie ich das normalerweise immer mache. Mit meiner Tasche und ein paar Arbeitsmaterialien. Erstaunlicher Weise wollte sie aber gar nicht reden. Sie wollte einfach nicht alleine sein. Den Wunsch konnte ihr keiner von Ihnen erfüllen. Sie hat sich nichts mehr gewünscht, als Besuch zu haben, der Tee mit ihr trinkt oder sich hinsetzt und sein eigenes Buch liest. Sie brauchte nur Gesellschaft. Ich war 2 Mal bei ihr. Sie hat die Stunden nicht einmal bezahlt."

„Sie hat eine Rechnung offen? Die zahle ich Ihnen."

„Nein Danke. Darum geht es nicht."

„Ich dachte immer, dass es gut ist zu reden, wenn man traurig ist."

„Nicht immer. Menschen die das Reden nicht gewohnt sind, brauchen es auch nicht unbedingt im Trauerfall. Sie haben die Bedürfnisse Ihrer Mutter nicht erkannt und somit missachtet. Das hat sie schwer verletzt."

„Wollen Sie mir jetzt sagen, was gut für meine Mutter ist? Das weiß ich bestimmt besser als Sie."

„Anscheinend nicht."

„Jeder Idiot weiß doch, wie wichtig es ist, über seine Sorgen zu sprechen. Jetzt wollen Sie mir sagen, dass das nicht stimmt?"

„Das habe ich nicht gesagt. Ich sagte, dass es in Einzelfällen auch mal anders sein kann. Das nicht zu erkennen oder auch nicht zu respektieren ist eine Missachtung der Bedürfnisse der betroffenen Person."

„Meine Mutter ist alt und sie war in Trauer. Da weiß man nicht selbst, was für einen gut ist. Das muss man denen sagen."

„Muss man das wirklich?"

„Das sollten Sie besser wissen als ich."

„Ich weiß nicht was ‚man' so braucht. Ich kann nur für mich sprechen und in diesem Fall für Ihre Mutter. Sie haben ihr etwas aufgedrängt, was sie nicht wollte und auch nicht gebraucht hat. Sie haben das rücksichtslos missachtet und die Bedürfnisse Ihrer Mutter unterdrückt und mit Füßen getreten. Greifen Sie mich dafür nicht an. Sie waren damals selbst in Trauer und Sie haben in Ihrem eigenen Leid die Gefühle der anderen nicht erkannt. Das, was Ihnen vielleicht geholfen hat, hat Ihre Mutter zutiefst verletzt. In Ihrem grenzenlosen Selbstmitleid haben Sie nur sich und nicht Ihre leidende Mutter gesehen."

Der Mann war kurz still und lehnte sich wieder zurück. Ich bereute meine Wortwahl sofort. Aber zumindest war ich ehrlich und alles gefallen lassen musste ich mir auch nicht.

„Ich habe so direkte Worte nicht erwartet. Das verletzt mich gerade sehr. Aber vielleicht muss das so sein."

„Ihre Mutter war auch sehr verletzt. Sie haben mich gefragt und somit habe ich geantwortet. Tut mir leid, wenn Ihnen das nicht gefällt."

„Vielleicht brauchen wir jetzt mal jemanden zu reden."

„Aber nicht mit mir. Ich kümmere mich um alles, was wir in Bezug auf die Bestattung brauchen. Darüber hinaus, suchen Sie sich bitte einen anderen. Solche Gespräche funktionieren nur auf der Basis von Vertrauen und Sympathie. Beides kann ich hier weder spüren, noch bin ich bereit das zu geben. Ich gebe Ihnen die Kontaktdaten von guten Helfern. Und die offene Rechnung begleichen Sie nicht. Ich habe keine geschäftliche Beziehung zu Ihnen und das soll auch so bleiben."

Ich war extrem verärgert und wollte die Beziehung auf die Beerdigung begrenzen. Mehr nicht. Der Mann war mir plötzlich zu wider. Sicherlich konnte er da nicht unbedingt etwas für, aber dagegen hat er auch nichts gemacht. Mit Menschen, die ich nicht mag oder wo es Blockaden gibt, kann, möchte und muss ich nicht arbeiten. Egal ob er bezahlt oder nicht. Die Rechnung der alten Dame war mir egal. Ich hätte das Geld natürlich gerne gehabt, aber nicht von ihm.
So etwas hat keinerlei Einfluss auf die Bestattung. Hier trenne ich ganz klar die Dinge.

Frau Breinert

Frau Breinert hatte bei mir eine Beratung gebucht. Dazu gehört es auch, dass sie die Rechnung dafür bekommt. Sie hat allerdings nicht bezahlt und so rief ich sie an.
Nach einem kurzen, obligatorischen Smalltalk kam ich dann auch schnell zum Thema.

„Frau Breinert. Gibt es ein Problem mit meiner Rechnung?"
„Nein. Warum? Was soll damit sein?"
„Sie hätte beglichen werden sollen."
„Ja gut. Das stimmt wohl."
„Wie meinen Sie das bitte?"
„Ich hab es da nicht so mit. Außerdem geht es mir nicht so gut."
„Das tut mir Leid. Ist aber auch Ihre Sache. Ich möchte Sie bitten sich darum zu kümmern."
„Ich komme vorbei. Kann ich das auch vor Ort bezahlen?"
„Ja. Bar oder mit Karte. Beides geht."
„Ich komme Morgen um 18.00 Uhr zu Ihnen."

Sie kam pünktlich und zahlte sofort ohne große Nachfrage.
„Sagen Sie Herr van der Velde. Haben Sie heute noch etwas Zeit oder kommt gleich jemand?"
„Theoretisch habe ich Zeit."
„Und praktisch?"

„Wenn Sie reden wollen, kostet das etwas. In Ihrem Fall jetzt bitte nur mit Vorkasse."

Ich hasste mich selbst für dieses Gespräch. Aber ich kann auch nicht immer hinterher rennen. Bei Risikokunden geht das meist nicht anders.
Hier tat es mir Leid. Dies ist allerdings eine ganz klare Geschäftsbeziehung. Dienstleistungen müssen bezahlt werden.

„Ich habe gar kein Geld mehr mit."
„Ich habe einen eigenen Kartenleser. Hat mir die Bank vor kurzem erst angeboten. Funktioniert gut. Kostet Sie nichts extra."
„Ich habe leider nur eine Kreditkarte. EC habe ich vergessen."

Ich merkte ihr an, dass Sie versucht drum herum zu kommen. Aber mein Kartenleser ist super.

„Ich nehme alle gängigen Kreditkarten. 1 Stunde?"
„ÄÄh, ääh. Ja, bitte."
„Wie kann ich Ihnen helfen?"
„Eigentlich geht es gar nicht um mich."
„Aha. Ach so."

Irgendwie dämmerte es mir schon, wo das Gespräch hinführt und sie begann stotternd zu lamentieren.

„Nehmen wir mal an, ich habe da eine Freundin."
„Eine Freundin. Die auf dem Foto, mit dem Wein?"

„Nein. Eine andere."

„Okay, Eine andere."

„Nehmen Sie mich überhaupt ernst?"

„Ja natürlich nehme ich Sie ernst. Ich will nur den Einstieg richtig verstehen. Was ist dieser Freundin passiert? Hat Sie auch einen Namen?"

„Ja natürlich hat sie einen Namen."

Kurze Pause

„Und wie lautet dieser Name?"

„Else."

„Else?!"

„Ja genau. Else."

Sehr einfallsreich. Aber gut. Nennen wir sie Else. Frau Breinert heißt mit Vornamen Elisabeth. Kann sie ihre imaginäre Freundin nicht Claudia oder sowas nennen? Aber gut. Ist ja ihre Geschichte.

„Was ist Else denn zu gestoßen?"

„Ihr Mann ist gestorben und sie spricht nicht so richtig darüber."

Warum habe ich das kommen hören?

„Erzählen Sie mir davon. Was ist da genau passiert?"

„Sie sagt ja nichts. Ich weiß es nicht. Er ist tot."

„Das sagten sie bereits. Wie geht sie damit um?"

„Sie redet nicht darüber."

„Und? Wo ist das Problem? Wenn sie das nicht will."

„Vielleicht will sie ja und traut sich nicht. Gibt es sowas?"

„Was gibt es nicht auf der Welt? Wenn ich eines gelernt habe in den letzten Jahren der Trauerarbeit, dann ist es die Tatsache, dass jeder anders trauert. Es gibt unzählige Formen der Trauer. Ich bin davon überzeugt, dass jede Trauer einmalig ist und es so viele Formen gibt, wie es Menschen gibt. Also. Warum sollte Elses Form falsch sein oder nicht geben?"

„Dann ist ja alles gut."

„Wie? Das war es schon? Stunde ist noch nicht um."

Sie lachte laut. Dann stoppte sie sich selbst mit einem schimpfen.

„Else, Else. Benimm dich."

„Hallo Else. Wie geht es Ihnen? Schön Sie kennen zu lernen."

„Oh Kacke. Jetzt habe ich mich verraten."

„Yes. Aber die Tarnung war super."

„Das wollte ich vermeiden."

„Wie wäre es, wenn Sie die restliche Zeit Ihrer Freundin Else schenken würden?"

„Geht das?"

„Klar. Frau Breinert. Ich wünsche Ihnen einen schönen Abend. Sie können Else später abholen. Ich wäre jetzt gerne mit ihr alleine. Hallo Else. Ich bin Tobi."

Frau Breinert war etwas verwirrt. Aber sie hat durchaus verstanden, dass sie sich mit dieser Form der Abspaltung einen Gefallen tun kann.

„Sag mal Else, was hältst du davon, mit mir alleine zu sprechen. Deine Freundin brauchen wir doch gerade nicht, oder?"

Frau Breinert lachte, merkte aber sofort, dass dies kein Witz war. Ich wollte versuchen, hier einen Zugang zu dem Problem von Frau Breinert zu bekommen. Die Geschichte war klar vorgetäuscht. Also spielte ich das Spiel mit.

„Ich kann doch nicht so tun, als wäre ich nicht da. Ich bin doch selber die Else."
„Ich helfe Ihnen. Else muss jetzt bleiben. Wir versuchen sie hierher einzuladen. Brauchen Sie etwas Luft?"
„Ja gerne."
„Ist Else ein fürsorglicher Mensch?"
„Ja total."
„Mein Vorschlag. Sie sind Raucherin. Sie gehen vor die Tür eine rauchen. Auf dem Rückweg holt Else uns aus der Teeküche 2 Kaffee. Sie bleiben dann draußen vor der Tür und rauchen weiter."
„Okayyy?", sagte sie lang gezogen und verwirrt.

Aber sie ging raus. Ein paar Minuten später hörte ich die Kaffeemaschine. Als die Tür aufging kam eine unsichere Dame herein und hielt 2 Kaffee in der Hand.

„Hallo. Du musst Else sein."

„Ja, das bin ich. Ich habe die Milch vergessen."

„Ich brauche die nicht."

„Gott sei Dank. Nicht, dass ich wieder einmal Ärger bekomme."

„Ärger mit wem?"

Else begann zu flüstern. „Mit Elisabeth. Die ist immer so ernst und böse. Sie versucht immer über mich zu bestimmen."

„Schafft Sie das denn?"

„Meistens ja."

„Schreibt sie dir dein Verhalten und deine Worte vor?"

„Ja."

„Gut, dass sie nicht hier ist. Nutzen wir die Zeit, solange sie draußen wartet."

Ich bin ganz bewusst zum ‚Du' gewechselt. So bekomme ich eine klare Trennung der beiden. In der Hoffnung, dass Frau Breinert sich auf diese Weise abzweigen kann. Mit dem ‚Du' bekomme ich eine freundschaftlichere Beziehung zu Else. Das war mir wichtig. Wir konnten gemeinsam gegen Frau Breinert arbeiten und doch gleichzeitig an ihrem Problem.

Das war sehr befremdlich für mich, denn 2 Persönlichkeiten hier zu haben, war mal etwas Neues. Zugleich aber auch ein Risiko, da ich nicht wusste, wie sie darauf reagiert.

Mehrere Persönlichkeiten zu entwickeln ist ein sehr großes und schwerwiegendes psychisches Problem, welches dringend einer Therapie benötigt. Frau Breinert war aber einfach nur zu feige in ihrem eigenen Namen zu sprechen und hat das dann vorgeschoben.

Martin Dechelman

Mein Telefon klingelte am Samstag drauf.

„Dechelmann. Wie geht es Ihnen?"
„Danke gut. Die Sonne scheint und der Grill ist an. Der Schnaps ist kalt und meine Frau und ich warten auf einen Freund und seine Frau. Was gibt es besseres? Wie ist es bei Ihnen?"

Dieses ‚Wie geht es Ihnen' ist eine Floskel, die ich nicht sonderlich mag, da der Fragende nicht wirklich eine Antwort haben möchte. Herr Dechelmann wollte dies eigentlich ebenso nicht.

„Äh. Ja gut. Danke. Ich, äh. Sie haben mich jetzt aus dem Konzept gebracht."
„Wollen Sie noch einmal anrufen?"
„Nein. Natürlich nicht."
„Wollen Sie vorbei kommen? Das Essen reicht auch für Sie. Nur bei meiner Frau müssen Sie aufpassen."
„Wie meinen Sie das?"
„Meine Frau verkabelt Sie auch neu, wenn Sie nicht artig sind. Aber ankündigen wird Sie das nicht. In kürzester Zeit haben Sie Starkstrom auf allen Kabeln. Glauben Sie mir. Wir sind schon lange verheiratet. Hier glüht es öfters."
„Besser nicht. Danke. Weshalb ich anrufe. Ich habe nachgedacht. Nachdem Sie mir den Kopf gewaschen haben, war das einfacher. Ich weiß jetzt, was zu tun ist. Aber das kann ich nicht alleine."

„Wir haben doch einen Termin nächste Woche."

„Übernächste Woche. Sie sind im Urlaub."

„Stimmt. Habe ich vergessen. Sagen Sie das nicht meiner Frau. Sonst glüht es hier wieder. Wie auch immer. Warum rufen Sie an?"

„Ich möchte, dass Sie sich um meine Frau kümmern. Der Rest kommt hinterher."

„Um Ihrer Frau kümmern?"

„Na das Problem mit der doofen Trauer."

„So doof ist die Trauer gar nicht."

„Jaja. Ich finde sie gerade ziemlich doof. Darum sollen Sie mir ja helfen. Bereiten Sie das vor für unser Gespräch?"

Ich weiß zwar nicht, was ich da vorbereiten soll, aber gut. Ich stimmte ihm zu und versicherte ihm, dass ich Mittel und Wege zur Verfügung stellen werde, die wir erfolgsversprechend für ihn nutzen können. Das Problem bei der Trauerbegleitung ist eigentlich, dass ich als Berater nicht weiß was kommt, wie die Tagesverfassung des Klienten ist, wie die Trauer überhaupt bei ihm verläuft und vieles weiteres.

Das könnte ich jetzt noch zwei weitere Seiten lang ausführen. So wird sicherlich deutlich, dass ich nicht vorhersehen kann, welche Methode vielleicht die richtige für ihn ist. An anderer Stelle in diesem Buch habe ich auf das Thema Vorannahmen etc. bereits hingewiesen. Ich versuche, den Prozess nicht bereits im Vorfeld zu verbauen, nur weil ich vielleicht voreilig eine Methode vorbereitet oder einen Ablauf festgelegt habe. Das muss spontan entschieden und an die Situation angepasst werden. Wenn Herr Dechelmann aber diese Gewissheit haben möchte, dass ich vorbereitet bin, dann ist das für mich allerdings auch in Ordnung.

Das 4. Gespräch

Ganz persönlich finde ich diesen Punkt etwas Besonderes in der Beratung. Mit dem 4. Gespräch zeigt sich eine tiefe Form von Vertrauen und Vertrautheit. Man kennt sich bereits und der Tonfall hat sich verändert, wird lockerer. Das ist sehr schön und bereichert schnell das Verhältnis untereinander.

Außerdem beginnen die Veränderungsprozesse sich ihre Bahnen zu brechen und nach außen zu wirken. Im Idealfall hat sich die Stimmung des Klienten maßgebend verbessert.

Im Gegenzug heißt es ab hier aber auch, dass Klienten das Vorgehen auch schon mal in Frage stellen. Das belebt den Prozess.

Frau Gehlmann

Ich traf eines Tages Frau Gehlmann bei Edeka. Sie wirkte unglücklich, freute sich aber mich zu sehen. Mich freute es auch und so quatschten wir kurz. Die letzten Monate waren für sie sehr schwierig und überhaupt nicht, wie sie es sich gewünscht hatte. Die Welt war gegen sie. Zumindest glaubte sie fest daran.

„Aber Frau Gehlmann, wieso haben Sie sich nicht gemeldet?"

„Ich habe mich nicht getraut. Sie sind sehr nett. Aber das bringt mein Leben nicht in Ordnung. Oder glauben Sie, Sie könnten das kitten."

„Das weiß ich nicht. Ich kann vieles. Aber nicht alles ist möglich. Meiner Meinung nach lassen sich bei Ihnen aber viele Dinge mit kleinen Gesten wieder herstellen."

„Meinen Sie?"

„Ja, das meine ich."

„Okay. Sie wissen ja wo ich wohne. Außer am Donnerstag kann ich immer gegen 18.00 Uhr. Die Uhrzeit passte Ihnen doch am besten damals. Hat sich das geändert?"

„Nöö, alles beim Alten. Ich komme am Dienstag. Mittwoch habe ich Bereitschaft. Was haben Sie denn am Donnerstag schönes vor?"

„Rentnergymnastik im Pfarrheim. Komische Leute. Die sind alle so fürchterlich alt."

„Bei allem Respekt. Sie sind auch keine 20 mehr."

Sie schaute kurz in meinen Einkaufswagen.

„Sie sollten mehr Gemüse essen. Der Inhalt Ihres Wagens sieht nicht gut aus."

Wie soll der auch schon aussehen. Bratwurst, Chips und Bier. Geburtstagsgrillen. Als ob ich das jeden Tag kaufen würde. Aber die Leute sehen einen immer nur dann, wenn man es nicht brauchen kann.

Unser Gespräch am Dienstag war sehr herzlich und vertraut. Frau Gehlmann hat mich empfangen wie einen Freund.

„Ich hole uns einen Cognac."
„Nein Danke."
„Wie, Nein? Warum nicht? Der ist echt lecker und teuer."
„Ich bin aber auch beruflich hier."
„Sie sind doch selbstständig. Wer will Ihnen denn was?"

Eigentlich hat sie ja recht.

„Aber nur einen. Klein, bitte."

Unsere Unterhaltung war sehr locker, vertraut und hat einen Nährboden, der viel Gutes erhoffen ließe. Im Ganzen ging es darum, Wege zu finden, die es ihr ermöglichen die alten Kontakte wieder aufzunehmen, dabei aber ihr Gesicht zu wahren. Die Gefühle der anderen waren ihr nicht wichtig. Mir stand es nicht zu, dies zu bewerten. Sie wollte Hilfe und sie hat dafür bezahlt. Dann entscheidet sie auch, um wen es geht. Ausschließlich um sie. Ich musste an Anwälte denken. Diese wissen oft genug, dass der Klient schuldig ist. Aber als Anwalt ist er dafür da, den Richter von etwas anderem zu überzeugen. Salopp gesagt.

So folgte eine endlose Litanei an Vorwürfen ihrerseits an die Welt und irgendwann dann auch endlich mal an sich selbst. Nachdem sie sich abreagiert hatte, bemerkte sie auch schnell, dass sie selbst für ihr Leben und für ihre aktuelle Situation verantwortlich ist. Der Tod des Mannes spielte dabei nur eine untergeordnete Rolle. Es war ihr Verhalten, welches sie ändern musste. Dann würde sich auch ihre Welt ändern. Diese neue Welt war genau das, was sie brauchte. Die gesamte Welt wartet auf sie.

„Herr van der Velde. Sind Sie mit dem Auto hier?"

„Ja. Das bin ich. Warum fragen Sie?"

„Wir könnten noch einen Cognac trinken. Aber wenn Sie fahren müssen. Kann Ihre Frau Sie nicht abholen?"

„Die wird sich bedanken, wenn sie mich angetrunken bei einer anderen Frau abholen muss. Außerdem brauche ich das Auto noch. Danke."

Wobei ich kurz überlegen musste. Das Gespräch war nett und der Cognac auch sehr lecker. Also war es eine sehr schwierige Frage. Wir lachten beide.

Den Cognac tranken wir nicht mehr.

Herr Brand

Herr Brand schrieb 6 Monate später noch einmal. Er hat seinen Job gekündigt, sich mit einer körperlichen Auseinandersetzung von seinem Chef getrennt und sich somit auch jede Möglichkeit einer Rückkehr in diese Firma verbaut. Mit Absicht, wie er schreibt. „Blicke nie zurück.", war sein neues Motto.
„Zeige jedem seine Grenzen auf, wenn er dich nervt.", war sein zweites Motto.

Naja. Das geht aber eigentlich auch friedlich. Ein schlichtes: *„Ich kündige"* hätte wahrscheinlich auch gereicht. So etwas muss schließlich keiner begründen. Kündigungsfristen einhalten. Fertig. Vielleicht bin ich da aber auch eher der friedliche Mensch. Herr Brand hat sich entschieden, mit Geld zu arbeiten, welches er nicht hat.
Außerdem verkauft er dubiose Wertanlagen, versucht sich in Immobilien und Autos.
Eigentlich nicht ganz so schlecht überlegt. Was man verkauft ist zweitrangig. Hauptsache man verkauft das Produkt dann auch. Ich hatte allerdings den Eindruck, dass Herr Brand eher in eine fast kriminelle Richtung ging.
Warum schreibt er mir das überhaupt?

Günther

Mein Besuch bei Günther war anders als sonst. Er wirkte deutlich entspannter und die Wohnung freundlicher. Überall standen Blumen. Das war neu. Der Garten war auch farbiger. Was ist hier passiert? Was ist aus der Junggesellenbude geworden, die fast an eine Lagerhalle erinnerte?

„Gut Tag. Was ist denn hier passiert? So kenne ich Sie ja gar nicht."
„Ich mich auch nicht."

Wir mussten beide lachen.

„Sie sagten doch letztes Mal alles wäre gut, wenn es mir hilft. Dieses ständige erinnern an die Blume war mir zu lästig. So habe ich welche gekauft."
„Und das in großen Mengen."
„Kleinvieh bringt mich nicht weiter."
„Eine ganze Herde ausgewachsener Rinder ist auch nicht gerade einfach zu handhaben."
„Bis jetzt geht es."
„Wenn es hilft ist es gut. Das sagte ich ja schon. Wie ist das für Sie, jetzt wo soviele Blumen hier sind?"
„Hatten wir früher auch. Ich habe die alle auf den Müll geworfen, als meine Frau gestorben ist. Damals habe ich das nicht ertragen. Das habe ich mit ihren Sachen aber auch gemacht. Alles weg. Der Gärtner übrigens auch. Fauler Sack, aus der Gosse geholt. Keine Ahnung warum der so lange hier war. Meine

Frau hatte immer Mitleid mit allen. Das ist keine gute Geschäftsbeziehung."

Irgendwie musste ich mir ein Schmunzeln verkneifen. Es gibt so unzählig viele Filme, in denen der Gärtner eine tragende Rolle spielt. Wahrscheinlich war es doch einfach nur Mitleid mit dem armen Mann.

„Können Sie mir erklären, warum Sie alles entsorgt haben? Und was hat es Ihnen gebracht, das so schnell zu machen?"
Günther überlegte nicht lange.
„Alles erinnerte an sie. Alles hier im Haus trägt ihre Handschrift. Deko, Möbel, Blumen," dabei lächelte er süffisant, „einfach alles. Mir tat das weh. Ich habe eine Woche im Büro geschlafen. Dann hatte ich Rückenschmerzen von der doofen Luftmatratze. Bin ich zu alt für. Also rief ich eine Firma an, die sich um die Sachen gekümmert hat."
„Sie haben alles entsorgen lassen? Das haben Sie nicht selbst gemacht?"
„Nein. Ich hatte ja Rückenschmerzen."
„Das ist eine Ausrede."
„Ja gut", sagte er genervt, „ich konnte das nicht. Damals nicht. Aber die Möbel hätte ich eh nicht alleine tragen können."
„Sie haben die Möbel auch entsorgt?"
„Ich sagte doch alles. Hier ist alles neu eingerichtet. Schön oder?"
„Haben Sie das auch machen lassen? Oder waren Sie selbst bei Ikea?"

„Dafür gibt es Firmen. Ich habe viel Geld dafür bezahlt innerhalb einer Woche das Haus neu zu möblieren. Hier sah es aus, wie eine gigantische Einzelzelle. Ich hatte einen Schlafplatz und eine Kaffeemaschine. Es ist erstaunlich, mit wie wenig Dingen man auskommen kann."

„Sie haben aber schnell wieder aufgestockt.", musste ich anmerken.

„Ich hätte nichts wegtun dürfen.", sagte Günther traurig. „Ich habe somit das Letzte was übrig blieb, auch noch ausgelöscht."

„Was sagt denn Ihre Tochter dazu? Das fand die doch bestimmt nicht gut."

Günther schnaubte durch alle Atemöffnungen. Holte mehrfach Luft und brach immer wieder den Satz ab. Dann begann er zu weinen.

„Die hat mir die Hölle heiß gemacht und das macht sie noch immer. Wir reden gerade nicht miteinander. Seitdem. Ich wusste bis dato nicht, wie kalt Menschen werden können. Das ist nicht meine Tochter. Ich habe nicht nur meine Frau verloren."

„Wundert Sie das wirklich? Sie haben alles entsorgt, was mit Ihrer Frau zusammen hängt. Das gehört auch zum Leben Ihrer Tochter. Sie hätten sie einbinden müssen, aber dazu ist es wohl zu spät. Haben Sie noch Bilder von früher."

„Alles weg. Das war anders besprochen. Die Firma war sehr gründlich. Haben sogar durchgewischt.", versuchte er mit einem Witz seinen Kummer zu überspielen.

„Erinnern Sie sich noch, warum ich hier bin?"

„Wegen dem Tod meiner Frau.", sagte Günther fragend.

„Nein."

„Sondern?"

„Überlegen Sie noch mal kurz. Der Tod Ihrer Frau ist gerade nicht ausschlaggebend."

„Weil ich ein Idiot bin."

„Könnte sein, dass das ein Mitgrund ist. Aber eigentlich bin ich hier, weil Ihre Tochter mich angerufen hat. Sie hat sich Sorgen gemacht. Ich finde nicht, dass Sie kalt und abweisend ist."

Günther lehnte sich zurück und sackte immer weiter in sich zusammen. Er realisierte, dass er das Problem war und nicht seine Tochter. Er hat mir längst nicht alles erzählt, aber er wusste was er zu tun hat.

„Ich habe sie angeschrien. Heute Morgen noch. Ich habe ihr große Vorwürfe gemacht."

Günther schaute auf eine Blume. Lange, sehr lange und schweigend.

„Es wird Zeit für Sie zu gehen. Ich habe etwas zu klären. Schicken Sie mir die Rechnung. Wir sind durch."

Das Ende ging mir etwas zu schnell. Aber es passte zu seiner allgemeinen Art, die Dinge zu regeln. Ich hoffte sehr, dass er die richtigen Worte bei seiner Tochter finden würde.

Interessanter Weise überwies er sehr schnell ohne Angabe der Rechnungsnummer. Er schrieb nur ‚Danke. Sie redet wieder mit mir'. Ich fand das nett.

Hannah

4 Wochen nach dem spontanen Besuch von Hannah rief sie mich wieder an. Fast hätte ich sie vergessen. Ein bisschen erleichtert war ich über die lange Pause ja schon. Ich habe keine Kontaktdaten von ihr. Ich weiß auch nicht ob sie wirklich Hannah hieß. Aber irgendwie war das auch egal. Rechnung schreiben konnte ich nicht. Eine richtige Beratung war es auch nicht. Ein Rat unter Freunden aber auch nicht. Ein seltsames Gefüge.

Dann ging irgendwann mein Telefon.

„Hallo Tobi. Ich will dich gar nicht lange stören."
„Aber?"
„Diese Wiesenübung letztes Mal. Geht die noch weiter? Ich habe den Eindruck, man könnte das weiterführen."
„Ja, das geht noch weiter."

Hätte ich doch nur Nein gesagt.

„Oh gut. Hast du diese Woche noch Zeit? Ich komme zu dir."
„Was, wenn ich Nein gesagt hätte?"
„Das hätte ich dir nicht geglaubt."
„Ich liebe rhetorische Fragen. Hast du das etwa nachgelesen?"
Hannah antwortete mit einem verlegenen: „Ja. Etwas. Aber ich verstehe das nicht."
„Und dann wartest du 4 Wochen?"

128

„Ich wollte dich nicht nerven und überstrapazieren. Du bist ja schon etwas älter."

„Wie bitte? Ich bin 44 Jahre jung. Das ist nicht alt. Ich glaub es schneit."

„Für mich ist das alt. Aber ich mag dich trotzdem."

„Du bist ganz schön frech, meine liebe. Ich wünsche dir noch einen schönen Tag. Wenn du weißt, wie die Übung weiter geht, brauchst du den alten Mann ja nicht mehr. Oder du fragst deine Therapeutin. Die kennt die Übung bestimmt auch."

„Es ist besser, wenn sie nichts hier von weiß. Die ist manchmal etwas komisch."

Eigentlich hatte Hannah mir versichert, dass die Therapeutin involviert ist. Wir sprachen ein paar Minuten über die daraus möglichen Probleme für beide Seiten und einigten uns dann darauf, dass sie ihre Therapeutin anruft. Das Mädel ließ sich nicht abwimmeln.

Also kam Hannah eine Woche später zu mir.

Nach einigen Minuten des Gespräches drängte sie förmlich dazu, die Übung weiter zu machen. Ich habe mich entschlossen wieder vorne anzufangen. Also zuerst die Blume und dann die Wiese. So hatten wir einen Anfang.

„So Hannah. Wir werden jetzt einen Schritt weiter gehen und die Wiese anders betrachten."

Richte dich wieder ein und atme gelassen weiter.

Denk bitte wieder an die Wiese und an alles was irgendwie dazu gehört

Jetzt stell dir bitte vor, dass du dich selbst auf der Wiese stehen siehst

Schaue dir vom Rand der Wiese selber zu

Betrachte dich eine Weile

Du kannst jünger sein

Du kannst älter sein

Du kannst auch etwas anderes anhaben

Ganz egal

Betrachte dich, wie du dort stehst

Wenn dir das gelingt gib mir bitte ein Zeichen

Sehr gut

Nun betrete bitte die Wiese und geh auf dein alternatives Ich zu

Laufe einmal um diese Person herum

Was fällt dir auf?

Wie schaut diese Person?

Wie ist die Körperhaltung?

Wie ist die Mimik?

Ist diese Person traurig oder glücklich?

Beobachte ganz genau

Bitte verlasse die Wiese wieder und schaue noch einmal zu der
Person herüber

Nun werde ich bis 3 zählen

Bei 3 bist du wieder orientiert und klar hier zurück im Raum

1 – Richte deine Aufmerksamkeit wieder hier in den Raum

2 – Sei wieder ganz klar und zufrieden

3 – Öffne deine Augen

Hier folgt nun eine längere Unterhaltung über die Beschreibung ihrer eigenen Person. Sie war entsetzt, weil sie die Person als sehr traurig und melancholisch beschrieb. Sie erkannte sofort, dass sie sich selbst beschrieben hat.

„Bin ich immer so?"

„Hmm. Meistens. Zumindest wenn wir uns sehen."

„Warum sagst du mir das nicht?"

„Ich glaube, das haben dir schon ganz andere gesagt. Das muss ich nicht auch noch."

„Aber du bist der einzige, dem ich vertraue."

„Okay. Dann ganz ehrlich. Du siehst scheiße aus, wenn du so traurig guckst."

„Danke. Das geht auch freundlicher."

„Ich bin zu alt um lange drum herum zu reden. Mir

bleibt nicht mehr viel Zeit im Leben. Warum legst du dir diese Depriphase denn nicht ab?"

„Depressionen legt man nicht ab."

„Ich weiß sehr gut, was Depressionen sind. Depressiv zu sein ist aber etwas anderes. Machen wir das zusammen?"

„Ja. Gerne."

„Okay in 2 Wochen geht es weiter. Bis dahin erinnerst du dich bitte immer an das Bild, welches du hinterlässt, wenn du so traurig dreinschaust. Dann wirst du sofort lächeln. Zum Abschluss machen wir eine meditative Reise und dann fährst du wieder."

„Klingt nach nem Plan."

Martin Dechelmann

Unser 4. Gespräch begann eigentlich recht flott. Ein angebotener Kaffee, Smalltalk und eine kurze Pause.

„Was bringen Sie mit, Herr Dechelmann? Wo drückt der Schuh?"

„Meine Kollegen gehen mir auf den Zeiger. Die machen mir das Leben zur Hölle. Zumindest bei der Arbeit. Aber ganz abschalten kann ich das am Abend nicht. Und meine Familie unterstützt mich da auch nicht. Lassen mich nur hängen."

„Das klingt aber nicht nach einem neuen Problem. Sind das nicht die Dinge, die wir letztes Mal angesprochen haben und die Sie, laut Ihrem Anruf, klar trennen wollten?"

„Wie soll das denn gehen?"

„Sie haben den Vorschlag gemacht."

„Läuft doch eh nicht, wenn ich das plane. Sonst wäre ich wohl kaum hier. Haben Sie selbst gesagt."

„Das habe ich getan. Ja. Dabei bleibe ich auch. Ich schlage vor, wir reden etwas über den aktuellen Ärger, der Sie belastet und wechseln dann noch zu dem Thema, welches Sie eigentlich mitgebracht haben. Ihre Frau."

„Super Idee."

„Ist ja auch von mir."

Wir mussten beide herzlich lachen. Obwohl ich hier anmerken muss, dass die Themen in seinem Leben alles andere als lustig sind. Trotzdem ist Herr

Dechelmann ein sehr aufgeschlossener und durchaus lustiger Typ. Bei allem Ärger hat er sein Lachen nicht verloren. Das ist ein Stück Hoffnung für ihn. Einen vorlauten Spruch kann er vertragen und ist auch durchaus in der Lage, selbst auszuteilen. Da er zur Gruppe der Handwerker gehört, ist seine gesamte Art und Weise eher derbe und laut. Er passt visuell und auch akustisch sehr gut in diese Berufsgruppe. Das heißt aber noch lange nicht, dass er nicht sensibel ist und keine Gefühle hat. Mit seiner Art versucht er viel zu überspielen und sich nach außen hin als stark und resolut darzustellen. Sich hinter dieser Fassade zu verstecken, ist auf Dauer leider nicht sehr sinnvoll. Irgendwann wird diese selbst errichtete Fassade beginnen zu bröckeln und er steht blank und ungeschützt da. Wenn er nicht rechtzeitig auf sich aufpasst und nach einer Lösung sucht, wird er finster und böse überrascht.

Im weiteren Verlauf sprachen wir über die Kollegen und den Ärger, den sie anrichten. Seine Gefühle dazu und warum es ihn auch persönlich so belastet und auch tief im Inneren verletzt. Das dauerte etwas länger als geplant, so dass keine Zeit mehr blieb, um an seiner Trauer zu arbeiten. Sehr schade. Aber das Leben lief für ihn gerade nicht und wir suchten nach Möglichkeiten, dieses Leben erträglicher zu machen. Die Trauer war zwar wichtig, jedoch hat sie ihn nicht so runter gezogen, wie es die Kollegen taten.
Prioritäten neu erkannt.

Das 5. Gespräch

mit

Hannah und Günther

Hannah

Hannah kam pünktlich. Damit hatte ich ehrlich gesagt nicht gerechnet. Sie lächelte und war zufrieden.
Ich habe sie als erstes auf das Gespräch mit ihrer Therapeutin angesprochen und wie diese jetzt zu mir steht.

„Sie weiß immer noch nichts von dir."
„Du hast mir letztes Mal versprochen, du hättest und wirst auch weiterhin mit ihr sprechen. Das war eine Grundlage für uns beide. Also hast du mich wieder angelogen."
„Eine Notlüge."
„Eine Notlüge ist aber etwas anderes. Lügen sind grundsätzlich schlecht und du missbrauchst sie für deine eigenen Bedürfnisse. Du forderst Dinge von Menschen, die du selbst nicht bereit bist zu geben.
Mir fällt dazu eine kleine Geschichte ein. Sie bezieht sich auf ein altes Gemälde aus dem 19. Jahrhundert.

Laut einer Legende aus dem 19. Jahrhundert treffen sich eines Tages die Wahrheit und die Lüge. Die Lüge sagt zur Wahrheit:
„Heute ist ein wunderbarer Tag!"

Die Wahrheit sieht in den Himmel und seufzt, denn der Tag war wirklich schön. So verbringen sie viel Zeit zusammen und kommen letztendlich an einem Brunnen vorbei.

Die Lüge sagt zur Wahrheit:

„Das Wasser ist sehr schön, lass uns gemeinsam ein Bad nehmen!"

Die Wahrheit, wieder einmal skeptisch, testet das Wasser und entdeckt, dass es wirklich sehr schön ist. Sie ziehen sich aus und fangen an zu baden. Plötzlich springt die Lüge aus dem Wasser, zieht die Kleider der Wahrheit an und rennt weg. Die wütende Wahrheit kommt aus dem Brunnen und rennt überall hin, um die Lüge zu finden und ihre Kleider zurück zu bekommen.

Die Welt, die die Wahrheit nun nackt sieht, wendet ihren Blick weg, mit Verachtung und Wut. Die arme Wahrheit kehrt in den Brunnen zurück und verschwindet für immer versteckt darin, welch Schande.

Seitdem reist die Lüge um die Welt, gekleidet wie die Wahrheit, die den Bedürfnissen der Gesellschaft gerecht wird, weil die Welt auf keinen Fall den Wunsch hat, der nackten Wahrheit zu begegnen.

Liebe Hannah. Es ist nicht immer leicht der Wahrheit ins Gesicht zu sehen und sich ihr zu stellen. Aber es hilft dir nicht, wenn du dir in deinem Leben deine eigene Wahrheit konstruierst. Du verstrickst dich in einem Geflecht aus Lügen und Geschichten. So entsteht ein Sumpf, der alles mit sich zieht und dich nicht wieder frei gibt. Merkst du nicht, was du dir selbst damit antust? Vertrauen ist die Basis für alles, was wir im sozialen Umfeld brauchen. Ehrlichkeit und Aufrichtigkeit ist genau das, was du von allen forderst. Jetzt lügst du mich an. Ein weiteres Mal. Ich möchte das nicht und ich brauche das nicht. Ich habe dir Vertrauen geschenkt und dir geglaubt. Ab hier ist das beendet."

„Ich habe keine Therapeutin.", weinte Hannah. „Du bist alles was ich habe. Das mit meinen Eltern stimmt aber. Ich weiß nicht wo ich hin soll. Ich habe keine Freunde."
„Vielleicht fangen wir da an."
„Können wir noch mal von vorne anfangen?", fragte Hannah sehr ehrlich und fast flehend.
„Was ist mit der Diagnose Depressionen und so?"
„Habe ich nachgelesen. Passt alles auf mich. Da brauche ich keinen Arzt."
„Selbstdiagnose ist keine so gute Wahl. Zu einer Diagnose gehört deutlich mehr, als lediglich ein paar Symptome zu erkennen. Du machst mich wahnsinnig gerade."
„Tut mir leid."

Das erste Mal hatte ich das Gefühl, sie ist wirklich ehrlich. Doch ich sollte eines besseren belehrt werden. Wir sprachen noch eine Weile und haben ein paar erste Schritte erarbeitet. Wer weiß wozu es gut ist und ob es überhaupt einen Sinn ergab.

Günther

Die Begleitung von Günther liegt nun schon eine Zeit lang zurück, als er mich auf einmal anrief.

„Oh. Hallo Günther. Wie geht es Ihnen? Wie läuft es denn mit Ihrer Tochter?"

„Das ist alles in Ordnung. Danke. Weshalb ich anrufe ist folgendes. Ich habe Geburtstag und würde mich über Ihren Besuch freuen. Ich habe Ihnen viel zu verdanken. Vielleicht kann ich da was wieder gut machen."

„Sie müssen nichts wieder gut machen. Dafür haben Sie mich gerufen."

„Trotzdem. Ich möchte, dass Sie meine Familie kennenlernen. Vieles wissen Sie ja schon und das Raucherding bei meiner Tochter steht auch noch aus. Das ist Ihre Chance. Und meine Enkeltochter Hannah braucht auch dringend Hilfe. Da ist einiges schief gelaufen. Zu heiß gewickelt glaube ich."

Mir blieb beim Namen seiner Enkeltochter die Luft weg.

„Alles in Ordnung bei Ihnen?", wollte Günther wissen.

„Ich habe mich nur erschrocken bei dem Namen. Zur Zeit werde ich gestalkt von einer Hannah."

„Ist die wenigstens hübsch?"

„Na geht so. Die ist 17 glaube ich."

Günther lachte laut. „Meine Hannah auch." Dann war er still. Wir beide wurden still.

139

„Mir schwant übles", sagte Günther, „machen wir es kurz. Ich schicke Ihnen ein Foto. Wenn die das ist, reden wir wieder. Hannah hat meine Sachen durchwühlt vor einiger Zeit. Dann lag Ihre Karte auf dem Tisch. Könnte schon sein."

„Jetzt weiß ich wenigstens, wo sie meine Anschrift her hat. Sie nannte es ‚ihre Quelle‘."

„Das klingt nach meiner Hannah. Ich glaube ich spinne. Glauben Sie ihr kein Wort. Die lügt, wenn sie den Mund aufmacht. Lassen Sie die auf keinen Fall in Ihre Wohnung."

„Zu spät. Soll ich die draußen stehen lassen. Hannah stand nass in der Tür. Natürlich lasse ich die rein. Was will die von mir?"

„Aufmerksamkeit."

„Wir haben eigentlich viel gelacht. Sie ist immer fröhlich hier raus."

„Das ist mir aufgefallen. In den letzten Wochen war die ganz gut drauf. War die noch nie. Lebensfreude war nie so ihrs. Wieso lacht die bei Ihnen? Ich habe viele Witze erzählt. Womit haben Sie sie gekriegt?"

„Nicht mit Witzen. Bin doch kein Komiker."

„Nee. Ganz sicher nicht."

„Wie meinen Sie das denn jetzt?"

„Ach egal. Kümmern Sie sich weiter um Hannah. Ich bezahle das."

„Ich will Ihr Geld nicht. Und ich will Hannah nicht bei mir haben."

„Hannah hat schon als Baby nie gelacht. Als Kind auch nicht. Als Teenie erst recht nicht mehr. Jetzt kommen Sie und sie lacht und erfreut sich des

140

Lebens. Jetzt kommen Sie mir nicht mit Ihrem ich will nicht und ich habe moralische Bedenken. Das können Sie nicht bringen."

„Ich habe die Telefonnummer von Hannah gar nicht. Sie hat sich immer gemeldet, wenn sie es für nötig hielt."

„Ich schicke Ihnen die Nummer. Sie sagen nicht woher Sie die haben. Das ist ein Punkt für Sie. Bei Hannah brauchen Sie das. Die kleine hat Sie gestalkt. Jetzt machen Sie das gleiche. Wenn Sie etwas wissen wollen, fragen Sie mich. Ich gebe Ihnen alle Infos."

„Jetzt bin ich mir sicher, dass es Ihre Hannah ist. Sie hat mir auch nie eine Wahl gelassen."

„Ich schicke Ihnen eine Einladung zum Geburtstag, auch wenn Sie das nicht wollen. Das ist mir recht egal. Wir überraschen Hannah zusammen. Danach können Sie ja wieder fahren. Bringen Sie Ihre Frau mit und Essen Sie etwas, trinken ein Glas Wein und überfallen Sie Hannah. Das wird ein Fest."

Günther lachte dreckig und Schadenfroh. Ich war unglücklich.

Hannah

Lange habe ich gezögert, ob ich mich bei Hannah melden soll. Doch ich entschied mich schließlich dafür. Es war an der Zeit, sie mit ihren eigenen Waffen zu schlagen. Günther hat mir Mengen an Informationen gegeben. Das war ein schönes Gefühl. Außerdem hat sich seine Tochter bei mir gemeldet. Das Rauchen gefällt ihr nicht mehr. Mal sehen was da möglich ist.

„Hallo Hannah. Geht es dir gut?"

„Woher hast du meine Nummer?"

„Ich habe da meine Quellen. Unterschätze nie einen alten Mann."

„Ich will das nicht."

„Ich wollte das auch nicht. Und doch hast du dich mir aufgezwängt. Treffen wir uns bald?"

„Nein. Ich brauche dich gerade nicht."

„Du bist ja richtig nett heute. Ich komme zu dir. Anschrift habe ich ja."

„Du weißt wo ich wohne?"

„Ja natürlich weiß ich das. Bist du Dienstag zu Hause? Ich treffe dann deine Mutter. Dann können wir auch reden."

„Wieso triffst du meine Mutter?"

„Ist doch nicht wichtig. Wir sehen uns wieder. Tschüss."

Ich kam mir irgendwie mies vor. Wie ein Stalker und das bei einer Minderjährigen. Aber die Eltern wussten diesmal Bescheid und der Opa auch. Noch öfter angerufen habe ich sie nicht. Am folgenden

Dienstag saß ich bei den Eltern und wir sprachen wegen Coaching für die kleine und für das Rauchen. Da kam Sie auch schon. Sie hat nicht mit mir gerechnet.

„Hallo Hannah. Ich gehöre jetzt zur Familie."

Sie verschwand in Ihrem Zimmer.

Auf Günthers Geburtstag, den ich nur kurz und nur wegen Hannah besucht habe, klopfte mir jemand auf die Schulter.
„Das ist aber nicht die feine Art.", lachte Hannah.
„Hallo. Tolles Familienfest. Ich habe dich gar nicht gesehen. Bis jetzt. Hast du Spaß."
„Ja das habe ich. Aber es wäre mir lieber du wärest nicht hier. Du warst mein Neuanfang. Ich habe jetzt verstanden, wie wichtig es ist ehrlich zu sein."
„Hast du das wirklich?"

Günther kam dazu. „Ahh, ihr zwei. Habt ihr Spaß?"
„Hannah hat mir gerade erzählt, wie sehr sie sich doch freut mich zu sehen."
Ein Lüge, die bei Hannah gesessen hat.
„Wir treffen uns jetzt auch öfters.", sagte ich, „Hannah ist kaum zu bremsen. Sie macht tolle Fortschritte."
„Das stimmt doch gar nicht."
„Das muss dir nicht peinlich sein, Hannah. Ist schon Okay."

Günther lachte und drücke uns beide zusammen. „Ich freue mich für euch. Süße, du siehst toll aus." Günther ging wieder und Hannah war echt sprachlos. Ich habe dann noch einen nachgelegt.

„Du Hannah. Du hast zu Hause erzählt, wie toll die Gespräche mit mir waren."

„Ich habe mit niemandem gesprochen. Was wollt ihr eigentlich alle von mir? Ich dachte ich könnte dir vertrauen."

„Das dachte ich bei dir auch. Du hast mich etwas anderes gelehrt. Lügen sind nicht schön, oder?"

„Nein.", weinte Hannah.

„Komm schon. Alles wird gut. Du hast viel gelacht in letzter Zeit. Ändere das nicht. Weißt du eigentlich, dass deine Familie sehr glücklich darüber ist. Dein Großvater ist das erste Mal, nach dem Tod deiner Oma, wieder glücklich und das nur, weil du einmal gelächelt hast. Er liebt dich sehr. Sei nicht immer so frech. Deine Eltern wirkten auf mich auch recht vernünftig. Du hast da auch gelogen?"

Hannah schaute verlegen zu Boden. So führte ich fort.

„Hannah. Ich habe niemandem irgendetwas erzählt. Sie wissen nichts von unseren Gesprächen.
Zumindest inhaltlich. Das soll auch so bleiben. Ich habe guten Kontakt zu deinem Opa. Kommen mir Klagen zu Ohren oder höre ich, dass du wieder gelogen hast, erfahren sie jedesmal ein Stück der

Wahrheit über die Gespräche. Verstehen wir uns da?"

Wir verabschiedeten uns und wie ich später hörte, war sie den restlichen Tag sehr fröhlich und Hannah hat viel gelacht. Günther war erfüllt von Wärme und Liebe. Er war einfach glücklich.

Nachwort

Die Beratung von Menschen ist etwas Wunderbares. Es entsteht ein Gefühl von Liebe und Nähe. Man wird zu einem Teil von dem Leben des anderen. Zumindest häufig.

Ich hoffe, dass ich Ihnen einen kleinen Einblick in die Welt der Lebensberatung geben konnte. Natürlich laufen nicht alle Gespräche so, wie sie hier dargestellt wurden. Viele Gespräche sind vom Ablauf ähnlich, vieles wiederholt sich. Viele Menschen wollen neue Methoden nicht ausprobieren oder sind skeptisch. Aber alle haben eines gemeinsam. Die Menschen sind dankbar und das von ganzem Herzen. Ich wünsche Ihnen, dass Sie immer den nötigen Mut haben, sich der Herausforderung zu stellen. Denn das haben auch alle Probleme gemeinsam. Sie sind eine Herausforderung.

Machen Sie es gut und bleiben Sie gesund!

Ein besonderer Dank gilt meinen Klienten, die mir immer wieder ihr Vertrauen schenken. Hierzu zählen jetzt besonders, die hier im Buch genannten Personen.

Frau Gehlmann hat wieder Anschluss gefunden und meckert immer noch über alles und jeden.

Günther kauft noch immer regelmäßig Blumen und lacht viel mit seiner Familie und mit Hannah. Seine Tochter raucht nicht mehr.

Die Familie der Witwe rief mich noch 2 Mal an. Natürlich habe ich mich mit denen getroffen und wir hatten sehr anregende Gespräche. Als ob ich da standhaft geblieben wäre.

Frau Breinert weiß endlich die Freundschaft zu schätzen und lebt sehr zufrieden. Ich weiß noch immer nicht, was mit ihrem Mann passiert ist.

Herr Brand wurde sehr schnell von den Behörden überführt, weil er Geldanlagen und Immobilien verkauft hat, die es gar nicht gibt. Schon interessant, wie leicht manche Menschen auf Betrüger reinfallen. Gerade wenn sie Geld haben, würde ich das anders erwarten. Er schrieb mir einen Brief aus der Haftanstalt. Er will mich treffen, wenn er wieder frei ist. Ein Neubeginn würde ihm gut tun, meinte er.

Und Hannah? Sie ist, wie sie ist. Ein zu heiß gewickeltes Kind, welches sich den Weg durchs Leben lügt. Aber mittlerweile lacht sie dabei.

148

Sie hat sich mit den Eltern versöhnt und verbringt viel Zeit mit Günther.

Ich? Ich mache das gleiche wie immer. Den Menschen in ihren Lebenskrisen helfen und hinter der Rechnung her rennen. Manchmal schreibe ich schon gar keine mehr. Aber Nein sagen, werde ich trotzdem nie. Anscheinend gehöre ich zu der Spezies der Menschen, die es nicht ertragen können, wenn andere Leid ertragen müssen.

Danke auch an die liebe Frau Yvonne Fleitmann von Fleimann Coaching, Erkelenz

www.beratung-fleitmann.de

für die Geduld und für die Bereitschaft des ewigen Lesens der Manuskripte. Du bist die beste.

Über den Autor

Tobias van der Velde ist täglich als Berater und Coach mit diesen Themen beschäftigt.
Er arbeitet neben dem Beruf als Bestatter auch als Berater, Coach, Trauerbegleiter, Hypnotiseur und Autor.

Im Laufe der Jahre hat er sehr viele Familien im Krisenfall begleitet und den Menschen ein Gefühl von Sicherheit gegeben.

Das Thema Lebenskrisen ist sehr wichtig und hat seinen steten Platz in der Beratung gefunden.

Weitere Informationen unter

www.tobias-vandervelde.de

Oder in vielen sozialen Netzwerken

Es sind bereits diverse Bücher von mir erschienen und im Handel erhältlich. Wenn Sie Interesse am Thema Trauer und auch an Lebenskrisen haben, lohnt sich ein Blick in diese Bücher.

Ich bedanke mich für Ihr Vertrauen und für das Interesse an diesem und an meinen anderen Büchern.

.

Trauer in der Beratung und im Coaching

ISBN 978-3752878844 – Verlag BOD

Das Thema Trauer betrifft uns alle im Leben.

Doch es macht einen großen Unterschied, ob wir mit den Freunden oder der Familie sprechen, oder ob wir mit Klienten zu tun haben, die sich auf die Fachlichkeit eines Beraters verlassen.

Plötzlich und unerwartet aufkommende Trauer in einer Beratungseinheit kann den weiteren Verlauf der Beratung unter Umständen unangenehm oder auch negativ beeinflussen.

Darum ist es sehr wichtig, angemessen reagieren zu können.
Dieses Buch soll eine Hilfe für Sie sein und Ihnen sofort umsetzbare Möglichkeiten für die Beratung bieten.

Somit ist es ein Praxisbuch, welches den Alltag in der Beratung erleichtern kann.

Es ist ein kleiner Ausschnitt aus meiner täglichen Arbeit mit Menschen, die sich in Trauer befinden und ein Einblick in meine eigenen Sichtweisen auf die Dinge und auf das Leben.

Lebenskrisen – Keep calm, relax and go on

ISBN 978-3748178354 – Verlag BOD

Die Bewältigung einer Krise oder auch einer leidvollen Situation schafft Raum für Neues und fördert den Wachstum der eigenen Persönlichkeit. Sich einer Krise offen entgegenzustellen ist bei weitem sinnvoller, als sich dieser hilflos zu ergeben.

Doch welche Wege sind richtig?
Gibt es überhaupt ein richtig oder falsch?
Wer gibt diese Wege vor?
Welche Rolle spielt jeder einzelne Betroffene in Zeiten seiner eigenen Krise?
Manchmal ergibt es vielleicht einen Sinn, der Krise keine Bedeutung zu schenken.
Manchmal sollten wir uns ihr aber auch ergeben.

Alles liegt in uns. Der Sieg und auch die Niederlage.

Der Weg, den Sie benötigen, liegt immer in Ihnen selbst verborgen.

Das Leben ist schön!

Coaching in Lebenskrisen

www.tobias-vandervelde.de